守れ！台所と無宿人

椿平九郎 留守居秘録 9

早見 俊

時代小説

二見時代小説文庫

守れ！台所と無宿人——椿平九郎　留守居秘録9

目次

守れ！　台所と無宿人――椿平九郎　留守居秘録9・主な登場人物

椿平九郎清正《つばきへいくろうきよまさ》…若くして羽後横手藩《うごよこてはん》江戸留守居役に抜擢された、横手神道流《しんとうりゅう》の遣い手。

大内盛清《おおうちもりきよ》……羽後横手藩先代藩主。江戸下屋敷で趣味三昧《しゅみざんまい》の気楽な暮らしを楽しむ。

佐川権十郎《さがわごんじゅうろう》……盛清に「気楽《きらく》」と綽名《あだな》された大内家出入りの旗本。宝蔵院流槍術《ほうぞういんりゅうそうじゅつ》の達人。

大内山城守盛義《やましろのかみもりよし》……「よかろう」が口癖で、家臣の上申に異を唱えない羽後横手藩主。

雪乃《ゆきの》……大内盛義に輿入れをした越後春日山藩《えちごかすがやまはん》、森上讃岐守《もりかみさぬきのかみ》の娘。

矢代清蔵《やしろせいぞう》……「のっぺらぼう」と綽名される横手藩江戸家老兼留守居役。平九郎の上役。

鈴木金右衛門《すずききんえもん》…羽後横手藩の江戸藩邸出入り商人を管理する御用方頭《がしら》。

秋月慶五郎《あきづきけいごろう》……大内盛義の馬廻り役から御用方に転じた、平九郎の友。

相良一刀斎《さがらいっとうさい》……内藤新宿《ないとうしんじゅく》で二天一流《にてんいちりゅう》の道場を開いている佐川の知り合い。

三河屋徳左衛門《みかわやとくざえもん》……狂歌会を催す内藤新宿きっての大店の主《あるじ》。

荻生藤吉郎《おぎゅうとうきちろう》……人気の大道芸一座の座頭。

市村清之進《いちむらせいのしん》……内藤新宿に設けられた勘定所の出張所に駐在する男。

久坂越中守政尚《くさかえっちゅうのかみまさなお》…勘定奉行。佐川とは剣術道場の同門。

須藤小平太《すどうこへいた》……勘定所、勘定組頭として宿場を巡検する役人。

紅螢《べにほたる》……荻生一座の人気の女芸人。

第一章　火の車の台所

一

椿平九郎《つばきへいくろう》は、

「平さん、狂歌をやらないか」

と、佐川権十郎《さがわごんじゆうろう》から誘われた。

狂歌とは和歌の形で日常の滑稽《こっけい》さや諧謔《かいぎゃく》の精神を盛り込んだ戯《ざ》れ歌だ。

ここは羽後横手《うごよこて》藩十万石大内山城守《おおうちやましろのかみ》盛義《もりよし》の江戸藩邸の内、上屋敷御殿の奥書院である。

椿平九郎清正《きよまさ》、歳は三十、それほどの長身ではないが、引き締まった頑強な身体つきだ。ただ、面差しは身体とは反対に細面《ほそおもて》の男前、おまけに女が羨むような白い肌をしている。つきたての餅《もち》のようで、唇は紅《べに》を差したように赤い、ために役者に生まれたら女形《おんながた》で大成しそうだ。

幕府や他の大名家と折衝《せっしょう》に当たる留守居役を担って三年と七カ月近く経過した文《ぶん》政《せい》六年（一八二三）の葉月《はづき》（八月）一日、江戸に秋が訪れている。

唐突《とうとつ》に狂歌を持ち出されても戸惑うばかりで返事に窮《きゅう》していると、

「内藤新宿《ないとうしんじゅく》で催される狂歌会に参加しようじゃないか」

具体的な誘いを佐川はかけてきた。

佐川は先手組組頭の任にある歴《れっき》とした直参旗本だ。

この時代、各々の大名屋敷には出入りの旗本がいた。旗本は幕府の動きを摑む貴重な情報源であるからだ。大内家の場合は佐川権十郎《くろうと》がその役割を担う。佐川は口達者で手先が器用で多趣味、特に落語や講談は、玄人はだし、おまけに世情に通じているとあって座持ちがいい。

大殿こと隠居した前藩主盛清《もりきよ》の話し相手にもなってくれる。ふらりとやって来ては茶飲み話をしてゆく。茶飲み話には幕閣の動きはもちろん江戸の市中での噂話や流行《はや》り物などもあった。

身形《みなり》といえば、白地に雲を摑む龍《りゅう》を金糸で描いた、役者と見まごう派手な小袖を着流している。人を食ったような格好ながら、浅黒く日焼けした苦《にが》み走った面構えと飄々《ひょうひょう》とした所作が世慣れた様子と手練《てだれ》の武芸者を窺わせもしていた。実際、佐川は宝蔵院流槍術《ほうぞういんりゅうそうじゅつ》の達人である。

「せっかくのお誘いですが、わたしはどうも和歌とか狂歌、俳諧の心得がないもので」

平九郎は丁重に断った。

「うむ、いいさ、無理には誘わない」

佐川は右手をひらひらと振った。

さっぱりとした人柄も佐川の持ち味である。

それゆえ、あっさり引き下がったのだろうが、それに加えて平九郎を誘った割には本人が乗り気ではないようだ。

「いかがされたのですか」

気になって問いかけると、

「気楽《きらく》、早くせい」

大殿、盛清の声が聞こえた。

「なるほど」

平九郎は事情を察した。

盛清が狂歌に凝り、佐川は付き合いで内藤新宿に出かけるようだ。ちなみに気楽というのは盛清が佐川に付けたあだ名である。当代一の人気落語家三笑亭可楽《さんしょうていからく》の可楽に引っかけ、盛清は佐川の明朗快活で飄々とした様を揶揄《やゆ》と愛情を以て気楽と名付けたのだ。

程なくして盛清がやって来た。

「おお、清正、どうした陰気な顔で」

盛清は機嫌がいい。

ちなみに、「清正」も盛清が平九郎に付けたあだ名である。本来は「義正《よしまさ》」であったが、留守居役としても抜群の働きをしたため、盛清の名から「清」を与えられ、「清正」を名乗るようになったのである。「清正」には盛清自身の名と虎退治で有名な戦国の勇将、加藤《かとう》清正が掛けられている。

「大殿、狂歌を始められたのですか」

内心でほっとしながら平九郎は確かめた。

「清正は諧謔とか洒落《しゃれ》などは解《かい》さぬからな。狂歌も俳諧も無理な野暮《やぼ》男じゃ」

辛辣《しんらつ》な言葉を投げるのは盛清の常だ。

盛清は白絹の小袖に草色の袴、袖無羽織を重ね、宗匠頭巾《そうしょうずきん》を被っている。一見して商家の御隠居といった風である。還暦を過ぎた六十三歳、白髪混じりの髪だが肌艶はよく、目鼻立ちが整っており、若かりし頃の男前ぶりを窺わせる。

元は直参旗本村瀬《むらせ》家の三男であった。昌平坂学問所《しょうへいざかがくもんじょ》で優秀な成績を残し、秀才ぶりを評価されて、あちらこちらの旗本、大名から養子の口がかかった末に出羽国《でわのくに》羽後、横手藩大内家への養子入りが決まった。大内家当主となったのは、二十五歳の時で、以来、三十年以上藩政を担った。

若かりし頃は、財政の改革や領内で名産品の育成や新田開発などの活性化に熱心に取り組み、そのための強引な人事を行ったそうだが、隠居してからは藩政に注いだ情熱を趣味に傾けている。

盛清にもあだ名があり、佐川が、「相国殿《しょうこくどの》」と名付けた。盛清を逆さにすれば清盛、すなわち平《たいらの》清盛に引っかけて生前の清盛が、「相国入道《にゅうどう》」と呼ばれていたことに因《ちな》んでいる。

「まさしく」

平九郎は認めた。

実際、風流とは無縁の武骨な男だと自覚している。

「さあ、行くぞ」

盛清は佐川と共にいそいそと出かけていった。

ともかく、狂歌に耽溺《たんでき》してくれれば一安心である。精々、狂歌会を催すくらいであるからには銭金はさほどには要さない。下屋敷でのんびりと狂歌を捻ってくれていれば大内家一同も安心だ。

野暮だと評される平九郎であれば、狂歌会の参加者に呼ばれることもあるまい。いつまで続くかわからないが、しばらくは盛清に振り回されることはないだろう。

二

ところが、そんな平穏な暮らしは長くは続かなかった。

葉月の五日、裃《かみしも》に威儀《いぎ》を正し、穏やかな心持ちで庭を散策していると、樫《かし》の木の下で女たちの声がする。野点《のだて》を行っているようだ。好天《こうてん》の昼を愛《め》でようというのだろう。爽やかな風と天高く流れる鱗雲《うろこぐも》が秋の訪れを感じさせる。

芝生に緋毛氈《ひもうせん》が敷かれ、値の張りそうな茶道具が並べられている。きらびやかな打掛をまとった女を取り巻いて、女中たちがかいがいしく世話をしていた。

盛義の正室雪乃《ゆきの》である。

越後春日山《えちごかすがやま》藩五万石、森上讃岐守《もりかみさぬきのかみ》の娘、名は体《たい》を表す、の言葉通り、雪のように白い肌をした美人と評判だ。

盛義は雪乃に一目惚れをした、とは家中で好意的に噂されている。

対して、大殿盛清は婚儀に反対であった。

「格下の森上家から嫁を迎えるわけにはいかぬ」

と、家格を言い立て盛清は認めようとしなかった。

森上家は五万石、大内家は倍の十万石で国持格の家格である。そのため、盛清は盛義と雪乃の縁談に反対したのだ。それが、渋々同意したのは越後にある大内家の領地問題であった。

大内家は羽後横手を中心とした土地を領有しているが、越後にも飛び地として二万石を領している。二万石の土地は森上家の領地と接し、水利権など境付近で紛争が絶えなかった。

お互いの代官、役人も不仲で、飢饉《ききん》、嵐に見舞われても助け合おうとしなかった。このままでは幕府が介入し、最悪の事態、飛び地を召し上げられるかもしれない、との危機感から森上家から嫁を迎え、親戚となるのが良い、という意見が大内家の大勢《たいせい》を占めたのだ。

盛義と雪乃の婚礼後、越後の大内家、森上家双方の領内では祝賀の提灯《ちょうちん》行列が催され、両家共同の祭が開催された。領民たちには酒や銭が配られ、両家は友好関係となった。

大内家、森上家の要《かなめ》の役割を担う重圧など微塵《みじん》も感じさせず、雪乃は朗《ほが》らかな人柄で大内家に馴染んでいる。

つい、誘われるように歩を進めて行くと、女中から甲走《かんぱし》った声が上がった。しまった、ここは奥向きであったか、男子禁足の地へ足を踏み入れてしまったのかと、どぎまぎしながら立ち止まると、

「何をしに来られた」

年寄と思われる中年の奥女中が厳しい目を向けてきた。平九郎は奥向きとの折衝はないため、奥女中とは面識がない。しかも、奥女中を統括する年寄は雪乃が輿入《こしい》れの際に森上家からやって来たのだ。

「いえ、その、つい、うっかり、足を踏み入れたのです。怪しい者ではござらん。留守居役を務めます椿平九郎と申します」

年寄の剣幕《けんまく》を和《やわ》らげようと平九郎は笑顔を作った。年寄は一瞥《いちべつ》しただけで、

「貴殿が虎退治の椿平九郎殿ですか。ご存じとは思いますが、いかに留守居役殿といえど奥向きに勝手に足を踏み入れることなど許されぬことにございますぞ。早々に立ち去られよ」

虎退治とは、三年前の正月、平九郎が藩主盛義の野駆けに随行した折に発生した出来事である。

向島《むこうじま》の百姓家で休息した際、浅草《あさくさ》の見世物小屋に運ばれる虎が逃げ出し、盛義一行を襲った。平九郎は興奮する虎を宥《なだ》めた。ところが、そこへ野盗の襲撃が加わった。平九郎は野盗を退治する。野盗退治と虎の乱入の話が合わさり、読売《よみうり》は椿平九郎の虎退治と書き立てた。これが評判を呼び、横手藩大内家に、「虎退治の椿平九郎あり」と流布《るふ》されたのである。

この時の働きを見た江戸家老で留守居役を兼務する矢代清蔵《やしろせいぞう》が、馬廻り役の一員だった平九郎を留守居役に抜擢《ばってき》したのだった。

「畏《かしこ》まってございます」

踵《きびす》を返した。

後方で笑い声がした。

「案外、優しそうなお方ですね」

「顔は柔和《にゅうわ》でも猛々《たけだけ》しいのかもしれませんよ」

などという奥女中たちのやり取りが耳に入ってきた。

顔から火が出る。

すごすごと急ぎ足で立ち去った。


表御殿の玄関に至ったところで、江戸家老兼留守居役の矢代清蔵が呼んでいるという。平九郎は気持ちを入れ替え用部屋に向かった。

平九郎は居住まいを正した。

矢代清蔵は盛清からのっぺらぼうとあだ名を付けられたように、喜怒哀楽を表に出さない無表情が板についている。腹の底を見せない老練さと沈着冷静な判断力を備えた、平九郎の上役であった。

「台所事情がよくない」

無表情の矢代ゆえ深刻さを漂わせていないが、江戸家老の立場で御家の財政に心を砕いているとは、重大事に違いない。

「そんなにも悪いのですか」

背筋をぴんと伸ばし、平九郎は問いかけた。

「借財、五万両じゃ」

淡々と矢代が答えたがために聞き流しそうになったが、五万両といえば大金である。もちろん、平九郎は見たこともない。

「五万両とは……」

どう応じていいのかわからず、平九郎は言葉に詰まった。

「いくら財政を切り詰めたところで、出費が一向に減らぬとあれば、赤字が増えるだけじゃ。わけても、江戸での費《つい》えはばかにならん」

「江戸の暮らしはどこの大名家も御家の体面というものがございますゆえ」

「よって、藩邸に出入りしておる商人への出費を削減することになった」

すると、襖越しに複数の足音が近づいて来る。

「失礼致します」

二人の男が入って来た。

勘定頭笹田三五郎《ささだみつごろう》と御用方頭鈴木金右衛門《すずききんえもん》である。

勘定頭は江戸藩邸の財政を司《つかさど》る責任者、御用方頭は出入り商人を管理する役目であった。

「商人に対する出費をなんとかせねばならん」

矢代の言葉は鈴木が呼ばれたわけを物語るものだ。矢代の視線を受け止め、鈴木が返した。

「商人への支払いを少なくせよとのことにございますか」

「いかにも」

短く矢代は答えた。

今度は笹田が鈴木に問いかけた。

「商人どもへの支払い、いささか過分ではないのか」

「過分な銭などはびた一文《もん》たりとも支払っておりませぬ」

鈴木は正面を向いたまま平然と答えた。

「椿、江戸藩邸で一年の間に商人への支払い、いかほどと思う」

不意に矢代に問われた。

突然にそんなことを質《ただ》されても見当もつかない。当てずっぽうに、

「千両ほどでございますか」

平九郎の答えを受け、矢代は鈴木にいくらかと問うた。

「八千両あまりでございます」

鈴木は即答した。矢代は無言で平九郎を見た。感想を求められたと思い、

「それは、ちと多《おお》ございますな」

「ちとではない」

返してから、矢代は三人を見回す。

鈴木は自分が責められると危惧《きぐ》したようで、矢代と視線を合わせないよう目を伏せ、口を閉ざしている。財政を預かる笹田も無言のため、重たい空気が漂った。

「鈴木、いかにする」

矢代が質した。

「極力、無駄を省きまして、商人どもへの発注の際には細心の注意を払います」

鈴木の答えを受け、

「そなた、日頃より、商人どもには無駄な支払いはびた一文しておらんと申したではないか」

と矢代に指摘され、鈴木は目を泳がせて言い訳をした。

「ですので、更なる、その……出費の抑制に努めたいと」

「それで、いくら削減できる」

矢代は畳み込んだ。鈴木も笹田も表情を強張《こわば》らせうつむいている。鈴木は面《おもて》を伏せたまま、

「それは、しばらく時をかけ、様子を見ませんことには」

「それでは、削減など夢のまた夢じゃな」

淡々と矢代は言った。

用部屋の中は陰湿な雰囲気となった。こうなっては黙っていられない。

「商人への出費削減の件、わたしもお役に立ちたいと存じます」

鈴木は虚《きょ》を衝かれたようにぽかんとした顔を平九郎に向けた。笹田は顔をしかめている。

「椿、できると申すか」

矢代に問われ、

「六千両に致しましょう」

出任せに数字まで言ってしまった。鈴木から当惑の声が漏れたが、

「よし、やってみせい」

矢代に言われた。

「畏まりました」

平九郎は胸を張った。笹田と鈴木は苦々《にがにが》しげな表情を浮かべた。

次いで笹田が、

「椿殿が御家の台所改善に働いてくれるとは心強いですな。では、大殿さま勝手掛《かってがかり》の削減もお願い致す。椿殿は大殿の大のお気に入りですからな」

と、皮肉混じりに言うと、

「なるほど、椿殿が商人どもへの支払いを減らすこと、請け負ったはずだ。大殿さまの道楽費、あ、いや、ご勉学費削減に比べれば容易なことですからな」

鈴木も言葉を添えた。

鈴木が口を滑らしたように大殿こと盛清には道楽がある。それは趣味に耽溺することである。

盛清は悠々自適の隠居暮らしをしているのだが、暇に飽かせて趣味に没頭している。ところが、凝り性ではある反面、飽きっぽい。料理に没頭したかと思うと釣りをやり、茶道、陶芸、骨董収集に凝るという具合だ。いずれもやたらと道具にこだわる。

その上、料理の場合は家臣や奉公人など大人数に振る舞い、釣りは幾艘もの船を仕立て大海原に漕ぎだすばかりか大規模な釣り専用の池を造作したりした。特に骨董品収集に夢中になった時は老舗の骨董屋を出入りさせたばかりか、市井《しせい》の骨董市に出掛けて掘り出し物を物色し、道具屋を覗いたりもした。馬鹿にならない金を費やした挙句、ガラクタ同然の贋物を掴まされることも珍しくはない。

とにかく、金がかかるのだ。

このため、大内家の勘定方は、「大殿さま勝手掛」という盛清が費やすであろう趣味にかかる経費を予算として組んでいる。それでも、予算を超える費用がかかる年は珍しくはない。

そんな勘定方の苦労を他所《よそ》に、盛清は散財した挙句、ふとした気まぐれから耽溺した趣味をぱたりとやめる。新たに興味をひく趣味が現れると、そちらに夢中になるのだ。

盆栽に凝っていた時は、自慢の盆栽をしばしば上屋敷に贈って寄越した。決して見栄えのよい盆栽ではない。ありがた迷惑とはこのことで、捨てるわけにもいかず、上屋敷では辟易《へきえき》としていたのだ。

矢代が、

「そうじゃ、よい機会じゃ。台所改善にそなたが乗り出すのだからな、大殿にもおわかりいただけるだろう。そなたから大殿に出費削減をお願いせよ」

と、命じた。

横目に笹田と鈴木がほくそ笑むのが映った。

とんだ藪蛇《やぶへび》である。

困っている笹田と鈴木のために商人への出費削減を買って出たというのに……人の親切がわからないのか、と二人を責めたくもなったが二人の自分を見る目が想像できる。

大殿盛清の側近、いや、茶坊主、うまく取り入って留守居役を得たと妬《ねた》んでいるのだ。

ともかく、引き受けた以上はやるしかない。

盛清も御家の事情を話せばわかってくれるだろう。それに、目下、盛清が夢中になっているのは狂歌である。目立った費用は要さないだろう。

「椿だけ残れ」

矢代に言われ、笹田と鈴木は平九郎と視線を合わせないようそそくさと部屋から出た。

「方策はあるのか」

笹田と鈴木の手前、矢代は平九郎に任せたことに躊躇《ためら》いこそ見せなかったが、支払い削減が容易でないことは痛感しているようだ。

「ございません」

正直に答えた。

実際、どのような商人が出入りしているかすら知らないのだ。だが、それは矢代も予想していたのだろう。怒ることはせず、口を閉ざした。さすがに平九郎は言葉足らずと思い、

「ですが、必ずや良き策があると存じます」

「そなたに任せるゆえ、しかと考えよ」

矢代は下がってよいと軽く右手を振った。頭を下げてから腰を上げようとしたがふと、

「奥の庭にてお見かけしたのですが」

先ほど見た野点の光景を話した。

「奥方さまはすっかり当家に馴染まれたのじゃがな」

矢代は薄く笑った。

頭痛の種であることを窺わせた。雪乃の煌《きら》びやかな衣服が脳裏に浮かぶ。緋毛氈の上に並べられた値の張りそうな茶道具の数々。さぞや豪奢《ごうしゃ》な暮らしをしているに違いない。

ふと思い出したように、

「馬廻り役の秋月慶五郎《あきづきけいごろう》であるが、御用方に転属になった」

と、言った。

秋月とは江戸詰めになって以来、もっとも親しんでいる。馬廻り役を務めているように剣の腕が立ち、番方の役目がふさわしい。御用方のような役方に転属したとは本人の望みなのだろうか。

「ならば、しっかりな」

矢代は腰を上げた。平九郎はぼんやりとした不安に苛《さいな》まれながらも両手をついた。

三

五日が経過した。

その間、主だった出入り商人を調べた。年に百両以上の支払いをしている商人として、米問屋四軒、魚問屋三軒、薬種《やくしゅ》問屋二軒、菓子問屋五軒、茶問屋二軒、油問屋四軒、蠟燭《ろうそく》問屋三軒、酒問屋一軒、呉服問屋二軒、小間物問屋四軒、材木仲買五軒、炭問屋三軒、畳問屋四軒、紙問屋三軒、醬油問屋五軒、飛脚屋一軒とわかった。

「五十一軒か」

藩邸内にある武家長屋の六畳間で紙に書き出した商人の名前をまずは睨んだ。これらへの出費をいかにして抑えるか。青物屋が見当たらないのは、下屋敷で野菜を栽培しているからだろう。

「ごめんください」

入って来たのは秋月慶五郎である。誠実、竹を割ったような若者だ。馬廻り役から御用方に転属となり、不慣れな役目だと平九郎は心配をしていたのだが、持ち前の明朗さで職場に溶け込んでいるようだ。

秋月が御用方に転じたのは、商人への支払い削減を進める上で幸いと言えた。欲しい資料も手に入れてくれるばかりか、特に支払いの多い商人とは顔馴染みになっていた。

「これ、食べてください」

秋月は栗饅頭《くりまんじゅう》を持って来た。

「茶でも淹れるか」

平九郎は腰を上げようとしたが、秋月が軽やかな動作で台所に立ち茶を用意して盆に載せて持って来た。

「また、大変なことを引き受けたものですね」

秋月はからかうような物言いをした。

ひと睨みすると、秋月はひょこっと首をすくめ、うまそうに栗饅頭を頬張った。

「いやあ、両国屋《りょうごくや》の栗饅頭は本当にうまいですな」

あまりにもうれしそうな顔をするので、

「もうひとつどうだ」

平九郎は自分の分の饅頭を差し出した。秋月は笑みを深めて受け取った。それから、頭を掻きながら、「饅頭を持って来たのに何しに来たのかわかりませんなあ」と自嘲気味の笑いを洩らした。

「両国屋からは年に三百両ほど買っておるなあ」

平九郎は帳面に視線を落とした。

「三百両……。そんなに買っていますか」

秋月は饅頭で口の中を一杯にした。

「それにしても、饅頭をこんなに買っているというのか、一体誰が三百両分もの饅頭を食べているのだ」

平九郎は栗饅頭をひとつ頬張った。なるほど、ほどよい甘みが舌に広がり、甘党ではない平九郎にもうまいと感じられた。さすがは老舗の菓子屋として名の通っているだけのことはある。だが、それにしても三百両もの菓子など買う必要があるとは到底思えない。

「それは、様々ですよ。このように、藩邸の茶菓子として買い入れる分もございますし、先代の墓参に奥方さまがお出かけになられる際には、数百個単位でお買い上げになられ、お寺に持参されます。両国屋からは茶菓子ばかりではござらん。赤飯を買って配ったりもするのですよ」

秋月は茶をすすり上げた。

たちどころに明解な答えを返してくれた。誠実な人柄だけに秋月は御用方の役目を熱心に行っているようだ。

「なるほど、饅頭だけではなく様々な用途に利用しておるということか」

脳裏に雪乃の優雅な姿が浮かんだ。

「では、この呉服屋の出費、五百三十両はどういうことだ」

「ほとんどが奥向きですな」

秋月はあたり前のように答えた。

「奥方さまや奥女中方が買い入れておるのだな」

「あまり、大きな声では申せませんが、千代田のお城の大奥と同様、御家の台所事情を苦しめているのは……」

秋月はそれ以上を口にすることは憚《はばか》られるのか口を真一文字にした。

「奥向きの出費ということか」

平九郎は腕を組んだ。

「椿殿、厄介《やっかい》なことを引き受けられましたな」

秋月の顔は平九郎に対する同情と、その無謀さを非難する複雑な表情に彩られている。

「引き受けたからには、何も手をつけぬわけにはいかん。だが、わたし一人ではできそうにもない。誰ぞの手助けが必要だな」

平九郎は秋月に視線を据えた。秋月は茶碗を盆に置き大きく頭《かぶり》を振った。

「わたしですか、駄目ですよ。わたしは、何もできません」

「冷たいことを申すな」

「そんなことを言われても……」

秋月は混迷の度を深めた。平九郎は秋月の躊躇いを無視して商人一覧を見せた。

「八千両の支払いを六千両にしたいんだ」

「ですから、それは無理でしょう」

秋月は首を横に振るばかりだ。

「当家とこれらの商人とは付き合いは長いのか」

「大殿の頃からです」

平九郎は顎を掻いた。

「どうなすったのです」

秋月は危《あや》ういものを感じたのか心配そうな顔になった。

「新しい商人に入れ替える」

途端に、

「そんなことをしたら大変なことになりますよ。御家は大きく混乱します」

秋月は悲鳴に近い声を上げた。平九郎は両の耳に指を入れて顔をしかめ、

「入れ札にするのだ」

「入れ札……」

「これからは、入れ札をし、安い値をつけた商人から買う。もちろん、公平にやる」

「うまくいきませんよ」

秋月は顔を曇らせた。

「もちろん、簡単にいくとは思っていない。だが、やらねばならん」

口に出すことで決意を固めた。

秋月は無言だが、抵抗を示すように首を横に振り続けた。

「よし、と、早速、商人どもに伝えるか」

平九郎はまるで時候の挨拶でも出すような気軽さで言うと、秋月はさすがに危ぶんだ。

「主人あてに書状を出すさ。今後は入れ札にする。精々、安い値をつけるようにってな」

事も無げに言う平九郎に、

「そんな、通り一遍のことで事が運ぶはずがござらん」

秋月は口をとがらせた。

「じゃあ、どうすればいいのだ」

平九郎は眉根を寄せた。今度も妙案が浮かばないままに引き受けている。とにかく、正面突破するしかないのだ。

「まずは御用方に申し入れられるのが筋《すじ》と存ずる」

御用方頭鈴木金右衛門の杓子定規《しゃくしじょうぎ》な対応が思い出される。鈴木は矢代の問いかけに商人への無駄な支払いはびた一文ないと答えた。平九郎は御用方が商人と癒着をしているからこのような高値で仕入れているのだと勘繰っている。

秋月は饅頭を持ち、「これも両国屋から内緒でもらったのです」と申し訳なさそうに言い添えた。平九郎は途端にまずそうに顔をしかめた。

両国屋は藩邸への納入とは別に御用方には試食品と称して無償で提供させられているのだろう。いわば、役得というやつだ。

平九郎にしたって留守居役の役目柄、高級料理屋で飲食をする。もちろん、自腹ではなく藩の公費だ。従って勘定方から文句をつけられることはないのだが、藩邸の中には藩の金で好き勝手に飲み食いをしている、と白い目で見ている者もいる。

平九郎にすれば勘定方に回さず、自腹を切ることもある。それに、他藩の留守居役との付き合い上、身形も気遣わねばならない。着物や履物に費やす銭金も馬鹿にはならないのだ。

「敵に回さない方がいいですよ」

秋月は忠告した。

「敵に回すつもりはないさ。同じ大内家の家臣だ。大内家のために役目を果たすだけ。その過程で商人に不正があれば正すし、無駄な出費を藩が支払っているのなら、余分な支払いはしない」

平九郎は言った。

「商人どもが不正を働いておるとは限りません」

秋月は平九郎の袖を引っ張った。

「それはまあ、そうだが」

秋月は落ち着けと言わんばかりに茶碗に茶を足した。

「商人どもが不正を働いていると決めつけない方がいいですよ」

「暴利を貪《むさぼ》っているような気がしてならないが……いや、偏見かな」

「どうでしょう。しかとはわかりませんが。持ちつ持たれつのところもあるのではないでしょうかな」

途端に平九郎は顔を赤らめ、

「それがいかん」

秋月は身を仰《の》け反《ぞ》らせ落ち着くよう訴えかけた。我ながら大人気《おとなげ》ない。秋月に怒りをぶつけることはないのだし、商人たちが不正を行っているとは限らない。

「すまん。わたしが言いたいのは、持ちつ持たれつという関係になっていることで癒着が起こり、商人どもに付け入られているのではないかということだ」

「椿殿は国許から来られたお方ゆえ、そうお考えになるのでしょうがな」

「商人との繋がりがないからこそできることもある」

「そうも申せましょうが」

「どうした。心配そうな顔で」

「御用方頭、鈴木金右衛門殿がどんな御仁《ごじん》かご存じないでしょう」

それがどうしたという目を返した。

「侮《あなど》りがたい御仁ですぞ」

「どんな風に?」

俄然《がぜん》、興味が湧いてきた。

「本音を漏らさず何を考えているかわからん、と評判のお方です」

「古狸《ふるだぬき》か」

「まあ、そんなところで」

「それなら、益々、やり甲斐があるというもの」

平九郎は安心させるように微笑んだ。

「椿殿もじっくりと話をしてみればわかりますよ」

秋月は自分の心配を受け入れない平九郎に不快感を露《あらわ》にした。

「ならば、早速会いに行くとするか」

平九郎は明るく告げた。秋月はやれやれというように小さくため息を吐《つ》いた。

「おまえも来るんだよ」

平九郎は秋月の肩を叩いた。

「ええっ……」

秋月は目を大きく見開いた。

「わたしは遠慮しときますよ」

「引き合わせてくれるだけでいいんだ」

「お引き合わせをするだけですよ……あれっ、矢代さまに呼ばれた時、一緒だったのではないですか」

「あの時は顔を合わせた程度だ。じっくりと話したわけではない。どんな御仁かな。楽しみだな」

「本当に引き合わせるだけですからね」

秋月は強い調子で釘を刺した。

「秋月殿には迷惑はかけないよ」

「本当に頼みますからね」

平九郎は秋月に案内され御用方へ向かった。

御用方は奥御殿への出入り口近くにあった。瓦葺《かわらぶき》屋根の地味な建物である。玄関前にある赤松が影を投げかけているせいか、昼間だというのに陰気な雰囲気を漂わせている。秋月は玄関に入り、鈴木への取次ぎを申し出た。すぐに鈴木が現れた。改めて見ると目がやや吊り上がり、狸というよりは狐《きつね》のようだ。

「秋月か、何か用かな」

鈴木は表情を消している。

「あの……椿殿が」

秋月は平九郎に顔を向けた。

鈴木はその時、初めて平九郎に気付いたように目をしばたたいた。

平九郎は丁寧に挨拶をした。

「先日矢代殿に呼ばれ、お会いしましたな。商人どもへの出費を削減されるとか。さすがはその若さで留守居役に抜擢されただけのことはある」

鈴木は満面に笑みを広げたが目は笑っていない。

「そのことにつき、是非ともご相談いたしたきことがござってまいりました」

鈴木は秋月に視線を向けたが、

「それでは、お邪魔でしょうから、拙者はこれにて」

秋月は逃げるように立ち去った。

「相談ですか、まあ、ここではなんですから」

鈴木はくるりと背を向けた。のったりとした足取りで奥へ進んで行く。平九郎も後に続いた。突き当たりの部屋の障子を開け中に入った。六畳間だった。畳は青々としているが、装飾品の類《たぐい》はない簡素な座敷だ。

「よっこらしょ」

鈴木はいかにも大儀そうに腰を下ろした。

平九郎は向かい合った。

「中々、良い面相をしておられますなあ」

鈴木は出鼻を挫くつもりなのか、思いもかけない言葉を投げてきた。

「本日、まいりましたのは」

鈴木の調子に振り回されまいと本題に入ろうとした。だが、

「殿には息災《そくさい》なくお過ごしでござろうな」

鈴木はやんわりとはぐらかしてくる。

「はい、いたって」

やむなく言葉短に答える。

「ところで、奥方さまの野点の席に足を踏み入れられたのは椿殿でしたかな」

またしても予想外のことを突きつけられ、

「ああ、つい、うっかり」

言葉を詰まらせてしまった。

「うっかりということは誰にでもござるよ」

鈴木は鷹揚《おうよう》に笑った。

「面目ないことでした」

つい詫びてしまってから何も鈴木に謝る必要はない、と気付いた。

「で、何用でござったか」

鈴木は笑顔をたたえているが、やはり目は笑っていない。明らかに警戒心、いや、不快感を抱いている。こんなことでひるんではならじと、身を乗り出して懐中《かいちゅう》から書付を取り出し披露した。鈴木は億劫《おっくう》そうに視線を落とす。

「商人どもは、みな、よくやってくれておりますぞ」

「そうでしょうが……」

と、反論しようとしたのを、

「栗饅頭を召し上がられたか。おいしゅうござったであろう」

またしても、話を横道にそらす。

それでも、

「確かに美味でした」

つい、乗ってしまう。

「そうでしょうとも。両国屋が丹精《たんせい》を込めて作っております。椿殿は菓子を作ってお
るところを見たことはございますかな」

鈴木の問いに、

「いえ、ござらん」

わざと不機嫌に返したが鈴木は気にする素振りも見せず、

「それは、もう、大変な手間をかけておりましてな。拙者は、朝早くに作っておる現場を見に行ったことがござるが、こう、いくつもの蒸籠《せいろ》から湯気が立ち上っておりましてな」

と、うれしそうに身振り手振りを交えながら製造工程を話し出した。ふんふんと調子を合わせていたが話が途切れたところを見計らって切り込んだ。

「ところで、本日まいったのは、商人への出費を削減する一件につき、ご相談があるのです」

鈴木は口をあんぐりとさせ、

「矢代殿にも申し上げたが、無駄な支払いはびた一文しておらんのだがな……。ご家老は事情をよくご存じないゆえ、あのように申されたと存ずる」

「鈴木殿は商人への支払いは、あくまで適正なものだとおっしゃるのですか」

鈴木の顔が歪んだ。

「まさか、椿殿は不適切とお考えか。すなわち、われら御用方が不当な発注を商人どもへ行っておると……まさか、賂《まいない》を受け取り、私腹を肥やしておる、などと勘繰っておられるか」

語調こそ荒らげていないが、鈴木の両目は吊り上がり狐のような顔が際立った。

「いえ、そうは申しておりません」

怒らせてはいけないと努めて穏やかな顔をした。既に怒っているのだが……。

さすがに激しては能吏《のうり》としてまずいと思ったのか鈴木は表情を落ち着けた。

「では、何がおっしゃりたいのかな」

「無駄な出費を減らしたいのでござる」

「ですから、無駄な出費などしておりませぬ」

「そうでござろうが、さらなる……」

「倹約《けんやく》でござるか」

鈴木は言葉を遮《さえぎ》った。

「倹約と申しますか、とにかく商人への支払いを減らしたいと存じます。それには、入れ札がよいのではないかと考えたのです」

平九郎は意気込んだ。

「入れ札……」

鈴木は眉根を寄せた。

「そうすれば、商人どもも競い合いを致します。おのずと、値が下がるというわけでして」

お伺いを立てるように平九郎は上目遣いになった。

「なるほどのう」

意外にも鈴木は賛成するように扇子《せんす》で膝を打った。

「是非とも、入れ札に致しましょう」

平九郎が頼むと、

「それはよい考えじゃ」

と、これまた思いの外にあっさりと承知をしてくれた。

「では、入れ札にするということでよろしゅうございますな」

鈴木に対するわだかまりが取り除かれ、晴れやかな気分になった。

「よいお考え。検討致します」

鈴木は大きくうなずいた。


御用方から出ると、秋月が待っていた。

「いかがでござった」

秋月は好奇心半分、心配が半分といった様子である。

「うまくいったぞ」

笑顔で告げると、秋月は意外そうに目をぱちぱちと瞬《しばた》いた。

「案ずるには及ばなかったわ」

平九郎はぽんと秋月の肩を叩き鈴木との面談の様子を語った。秋月は聞き終えると浮かない顔をした。

「鈴木殿はまことに承諾してくださったのですか」

平九郎は自信満々に、

「してくれたとも。今後は入れ札でいくぞ」

矢代に報告しようと足取りも軽やかに御殿に向かった。

矢代は用部屋で文机《ふづくえ》に向かっていた。平九郎が入ると、文箱《ふばこ》に筆を置き、

「その顔は、うまくいったようだな」

と、いつもの無表情さで確かめた。

「はい、いきましてございます」

つい得意になり声の調子が明るくなる。

「申してみよ」

矢代はあくまで冷静である。平九郎は居住まいを正し、

「御用方頭鈴木金右衛門殿と面談を致し、今後は商人どもに対し品物購入の際には、入れ札を行うことで話がつきましてございます」

と、浮き立つ気持ちを抑えて報告をした。

文句はつけられまい、と思いながら矢代を見返す。

「それで、うまくいくと思うか」

矢代は疑念を抱いているようだ。

「何かご心配事がございますか」

問い返しながら不安に駆られた。

「うまくいけばよいがのう」

他人事《ひとごと》のように矢代は言った。

「お任せください」

自分への鼓舞《こぶ》を込めて請け合った。

「しかと頼んだぞ」

矢代は文机に向き直った。

ふと、平九郎は嫌な予感に駆られた。

鈴木は平九郎の献策《けんさく》を取り入れてくれた。商人への支払いを見直さなければならないのは御家の役目だ。それゆえ、入れ札を採用するのは当然と判断したのかもしれないが、練達の能吏として職域を侵される不快感を抱いたのではないだろうか。

面従腹背《めんじゅうふくはい》……。

表面上は上の立場の者に従うふりをして、内心では逆らった行いをする、平九郎は鈴木より上の立場とは言えないが、江戸家老矢代清蔵の意を汲んで動いていると思えば、鈴木が面従腹背をするかもしれない。

この考えが杞憂《きゆう》に終わればいいのだが……。

逃げるわけではないが、老練な能吏と世情に長《た》けた商人を相手にするには自分一人では手に余る。

そうだ、秋月を……。

「矢代殿、入れ札を進めるにあたり秋月殿の手助けをお願いしたいと存じます。鈴木殿を通すのが筋ですが、入れ札を実施するにあたり事は迅速に進めねばなりません。特例として秋月殿の助けが借りられるよう御家老から鈴木殿に申し入れをしてください」

平九郎が頼むと、

「よかろう」

書き物をしながら矢代は承諾した。

四

葉月十八日、邸内で使用する蠟燭が大量に購入された。秋月から蠟燭が搬入されたとの報《しら》せを受けた平九郎は、

「これは、入れ札で購入されたのか」

秋月はぽかんとした顔で、

「入れ札とは聞いておりませぬな。今まで通り、日本橋長谷川町《にほんばしはせがわちょう》の蠟燭問屋相州屋《そうしゅうや》から買い付けられました」

「入れ札ではないのか」

平九郎は口を曲げた。

「わたしに申されましても」

秋月は心外だとばかりに口をとがらせた。

それはそうだ。秋月に非があるわけではない。御用方へ行き、鈴木に質すべきだ。それを危ぶんだのか秋月は、

「ちょっと待ってくださいよ」

平九郎の袖を引いた。

「離せ」

「どうするのです」

平九郎の行動を予想しながらも秋月は問うてきた。

「決まっているじゃないか。入れ札にしていないことを問い質すのだ。場合によってはこの蠟燭、相州屋に引き取らせる」

「それは、やめた方がいいですよ」

「どうしてだ」

「鈴木殿や御用方といさかいが生じますよ」

「かまわん」

平九郎は摑まれた袖を振り払うとつかつかと歩き出した。

「くれぐれも争いごとはなさらないでくださいね」

背中で秋月の心配げな声がした。

御用方の座敷で鈴木と相対した。鈴木はとぼけた顔をしている。その人を小馬鹿にしたような態度は怒りの炎に油を注いだが、込み上がる憤怒《ふんぬ》をぐっと堪《こら》え、

「本日、相州屋より大量の蠟燭が運び込まれましたな」

「ああ、あれは今日でしたかな」

鈴木は耳を掻きながら答えた。

「いかにも本日納められました」

平九郎は厳しい声を出した。

「そうか、今日だったか」

鈴木は天井を見上げた。

「今回は入れ札ではなかったとか」

「はて、入れ札とな」

鈴木は小首を傾《かし》げた。

「入れ札でござる。先日、お伺いして、今後は商人どもから品々を購入する際には入れ札を行うこと、承知をしてくだされたではありませぬか」

声が大きくなりそうなのを抑えて平九郎は言った。

「いや、そんなことを承知した覚えはない」

鈴木は真顔である。

「とぼけなさるか」

思わず声を荒らげてしまった。

「とぼけてはおらん。わしは入れ札をするとは申しませんでしたぞ」

あまりに堂々と白《しら》を切られ、平九郎は口をあんぐりとさせた。

「入れ札を検討すると申したのです」

鈴木はぬけぬけと答えた。

「検討する、確かにそう申されましたな。しかし、それは了承されたということではなかったのですか」

「まあ、椿殿は御用方の実務をご存じないようですから、たやすく事が運ぶとお思いでしょうが、そう簡単にはいきませぬ。物事には順序や準備というものが必要なのですぞ」

駄々をこねる子供を諭《さと》すように鈴木は話した。

嫌な予感が的中した。

鈴木は自分の職分に土足で踏み入られたと嫌悪しているのだ。自分まで感情的になっては御家の財政は改善できない。

「では、お尋ねしますが、鈴木殿は何か動かれたのですか」

「色々と考えはしましたぞ」

鈴木は落ち着いたものである。

「考えても実施せねば何もならんではございませんか」

「それは、そうですな。では、精々努めましょう」

話は終わったとばかりに鈴木は横を向いた。その態度にあきれ返ったものの、

「次回はよろしく頼みます」

と、言い置くのが精一杯だった。

出て行こうとした時、

「それはそうと椿殿、大殿さまには出費削減のこと、何か動かれたのですか」

何気ない素振りで鈴木は問うた。

痛いところをつかれた。

「いえ……」

言葉が濁ってしまった。

盛清は狂歌に耽溺したようで従来の趣味に比べれば出費は抑制されるだろうと見越していたこともある。実際、佐川権十郎と共に内藤新宿に通っている。

とは言え、出費抑制のため、具体的に動いてはいない。

「そうですか」

責めはしないが鈴木の顔には平九郎への蔑《さげす》みが浮かんでいる。自分の役目は棚に上げて何を偉そうなことを言っているのだ、と言いたいようだ。

言葉を返せずにいると、

「大殿は勘定方に大幅な出費を要求なさったそうですぞ」

鈴木は言った。

意外である。

早くも狂歌に飽き、新たな趣味を見つけたのだろうか。しかも、相当に費用を要する趣味を……。

「一体、どんなことに……」

不安を抱きながら平九郎は確かめた。

「施しだそうです」

失笑混じりに鈴木は答えた。

「施しとは……」

不安に駆られながら平九郎は問い直した。

「さて、よくはわかりませぬが、無宿人に職を付けさせ、真人間にさせるのだとか」

「石川島《いしかわじま》の人足寄場《にんそくよせば》のような施設ですか」

平九郎は言った。

人足寄場とは寛政《かんせい》年間に火盗《かとう》改《あらため》方頭取《かたとうどり》であった長谷川《はせがわ》平蔵宣以《へいぞうのぶため》の建言で作られた更生施設である。江戸湾に浮かぶ石川島に無宿人や軽犯罪者を収容し、手に職を付けさせた。

大工、建具《たてぐ》、左官、塗師《ぬし》、指物《さしもの》、炭団《たどん》作りなどの男向きの職ばかりか裁縫、洗濯などの女向けの職もあり、望む職を身に付けることができる。真面目に三年で修得したら積立金が用意され、就職先が斡旋《あっせん》された。

手に職を付けさせ、職を得ることで無宿人を犯罪から遠ざけ、江戸の治安を安定させる鬼平《おにへい》こと長谷川平蔵の優れた政策であった。

「詳しくは存ぜぬ。大殿に直接、お尋ねしたらいかがか」

「そうですな」

「なんでも年間の費用として二千両を勘定方に要求なさっておられるとか……我ら御用方がいくら商人の支払いを削ったところで無駄な努力ですな。笊《ざる》で水をすくっているようです」

皮肉たっぷりに鈴木は言った。

大殿の道楽こそが大内家の財政を傾けているのだと言いたいようだ。

一体、どうして盛清はそんなことを考えたのだろう。

何かに影響をされたに違いない。

やれやれ、大きな問題が起きなければいいのだが。

入れ札以上の難問を抱え、御用方を出ると秋月が待ち構えていたが、秋月に話すと益々腹が立つと思い、目礼しただけで矢代の所に向かった。

「駄目だったのか」

矢代は言った。

「顔に出ておりますか」

上目遣いに問うた。

「この茶のようだな」

矢代は湯気が立ち上る湯呑を両手で持った。

次いで急須《きゅうす》から空《から》の湯呑にお茶を注ぎ、平九郎の前に置いた。

「恐れ入ります」

平九郎は心を落ち着けようとお茶を飲んだ。濃い目の煎茶のお陰で幾分か気分が軽くなったが、とても不安の炎が消えるものではない。

矢代は無表情で口を閉ざしている。

「入れ札のことにございます。御用方の鈴木殿、検討すると言っておきながら何もやっておりません。今までのやり方を変えようともしないのです。これまでの商人どもをそのまま出入りさせ続けるおつもりです。それでは、商人どもへの出費、減らすことなどできるはずがございませぬ」

平九郎の言葉に矢代はすぐには返さず、もう一杯お茶を飲んだ。

「暖簾《のれん》に腕押しとはまさにあの御仁のことでございます」

つい言葉汚く罵《ののし》ってしまった。

「鈴木の怠慢《たいまん》を責めるのはわかる。しかし、それればかりではなあ」

矢代は珍しく奥歯に物の挟まった物言いをした。

「はい、ですので、是非とも入れ札に移行するよう殿のご命令をいただきたく存じます。いや、大殿の……」

盛清は、藩政は盛義に任せたゆえ口出しはしないと公言しているが、自分が興味を抱いた政策には意見を加える。盛義から相談を受けたゆえの助言という名目で藩政に関与するのだ。

盛義は家臣たちから、「よかろうさま」と称されているように、家臣たちが決めた事項を認める。ましてや、父盛清の考えに逆らうことはないのだ。

「わしから大殿に頼めと申すか」

顔には出さないが矢代は不満だろう。

案の定、

「大殿の命《めい》で行えばそなたに任せた意味がないではないか」

反論の余地はない。

確かにその通りだ。これでは、初めから盛清と盛義の下達《かたつ》で商人への支払い削減を行えばいい。それでは事が運ばないと矢代は考えたからこそ家臣に諮《はか》ったのだ。

「心得違いをしておりました」

顔から火が出る思いがした。矢代が口を閉ざしたため、沈黙が続いた。秋の虫の鳴き声が静寂を際立たせる。

「ならば、どうする」

矢代は静かに湯呑のお茶を飲み干した。

「もう一度、鈴木殿を説得します」

「それは、難しかろうな」

「これは、断固としてやらねばならぬことでございますゆえ」

平九郎は声を励ました。

「任せるが、単純に説得するだけでは事は進まぬぞ」

「入れ札を行うまで諦めません」

平九郎は大きな目に断固とした決意をみなぎらせた。矢代は平九郎の顔つきに暑苦しさを感じたのか、扇子で自らの首筋に風を送った。

ここで鈴木から聞いた盛清の施しを思い出した。

「ところで、大殿がまたぞろ道楽、いや、趣味を始められるそうですな」

平九郎が言うと、

「勘定方は二千両を要求され、頭を抱えておる」

淡々と矢代は答えた。

「なんでも石川島の人足寄場のようなことを考えておられるとか」

「いかにも」

「どうして、そんなことを……」

「さて……その辺のことも含め、大殿に会ってまいれ」

矢代は命じた。

「承知しました」

益々憂鬱な気分になって平九郎は答えた。

五

明くる日、平九郎は向島にある下屋敷を訪ねた。

大名の隠居、または世子《せいし》は中屋敷に住まいするのだが、盛清は下屋敷の気軽さを好み、年の大半を下屋敷で過ごしている。

　いかめしい門構えではなく、広々とした敷地は、別荘のような雰囲気が漂っていた。秋が深まり、紅葉には時があるが金木犀《きんもくせい》が黄色い花を咲かせ、涼風が甘い香りを運んでくる。

　国許の里山をそのまま移したような一角があるかと思えば、数寄屋《すきや》造りの茶室、枯《かれ》山水《さんすい》の庭、能舞台、相撲の土俵、様々な青物が栽培されている畑もあった。

　畑は大内家に出入りする豪農が手配した農民が耕している。気紛《きまぐ》れな盛清ゆえ、時に自ら鍬《くわ》や鋤《すき》を振るう。

　その際は大騒ぎになる。

　鋤や鍬を使う農民に、腰が入っておらん、とかもっと耕せ、とかあれこれ口を挟むのだ。

　また、今はほとんど使われなくなった窯場《かまば》があった。盛清が陶器造りに凝っていた頃には盛んに煙が立ち上っていたのだが、盛清は陶器造りに飽きて、放置されている。

　盛清は裏庭にいるそうだ。

　主殿の裏手に回る。大きな池があり、周囲を季節の草花が彩っている。

　その畔で盛清は床几《しょうぎ》に腰を据えていた。小袖に袖なし羽織を重ねた軽装である。

秋麗《しゅうれい》の昼下がり、釣りを楽しんでいる姿は、いかにも悠々自適な隠居暮らしを満喫しているようだ。

いや、釣りをしているのではない。

大きな絵図面を広げ、庭を見渡しているのだ。

平九郎に気付き、

「おお、清正、早速来たか」

盛清は勘定方の代理としてやって来たと思っているようだ。

「大殿、このたびは新たな趣味を始められるそうで」

平九郎は言った。

盛清は表情を引き締め、

「趣味や道楽ではない。施しじゃ」

盛清はむっとした。

「これは失礼、致しました。それで、施しとは石川島の人足寄場のような施設を設けられるとか」

平九郎が言うと、

「いかにも」

盛清はうなずいた。

「それはいかなる施設なのですか」

「わかりきったことを訊くな。石川島の人足寄場のごとき施設を作り、無宿人や罪人を立ち直らせたり、手に職を付けさせて一人前にしてやるのじゃ」

得意そうに盛清は言った。

「それはまことに高邁《こうまい》なるお考えだと感服《かんぷく》致します。一体、どうしてそのようなお考えに達したのですか」

平九郎が問いかけると、

「還暦を過ぎ、いわば余生をいかに過ごすかがわしの課題じゃ。のんびりと楽しく過ごすのもよかろうが、わしはそれを良しとはせぬ。世のため、弱き者のために力を尽くすべきだと思ったのじゃ……そう思ったきっかけは内藤新宿じゃ」

盛清の表情は強張った。

「内藤新宿で何かあったのですか」

お気楽な狂歌会参加だとばかり思っていたが、そうではないようだ。

「甲州街道《こうしゆうかいどう》からな、無宿人が流入してくる。そのため、勘定所は新宿内に出張所を設けてな、捕えては佐渡金山《さどきんざん》に送っておるのじゃ」

佐渡金山での採掘作業は過酷を極めると評判だ。そのため、坑夫は不足している。人手不足を補うために勘定所は無宿人を佐渡金山に送り込んでいるのだ。

「わしはな、無宿人といえど、無闇《むやみ》に佐渡に送るのには我慢がならぬ」

盛清は憤《いきどお》った。

「ごもっともだと存じます。勘定所は何故無宿人を石川島の人足寄場に送らないのですか」

素朴な問いかけをすると、

「人足寄場は無宿人、やくざ者、遊び人どもで一杯なのだそうじゃ」

吐き捨てるように盛清は返すと絵図面を平九郎に手渡した。絵図面には下屋敷内に設ける寄場が書き記されている。

「何人くらいを……」

平九郎は絵図面から顔を上げた。

「初めのうちは五十人程じゃな。それに加えて五十人の指導する者たちも雇わねばならない」

収容する者たちが暮らす長屋も絵図面には書き記されている。暮らすということは食事の面倒も見るということだ。

なるほど、規模にもよるが千両や二千両はあっと言う間に出費されるだろう。趣味、道楽ではないが、それらよりも金がかかる分、始末が悪い。

しかし、趣味ではないゆえ、単純に藩財政改善のために倹約を求めるわけにはいかない。

世のためには頭が下がる盛清の志ではあるが大内家にとっては災難だ。狂歌会参加に内藤新宿に通っていたのが裏目に出た。お気楽で安価な趣味だと安心していたのは油断であり、人足寄場を作ろうとしていたのは予想外であった。

「どうした、清正……あ、そうじゃな。おまえにも何か教授させてやろう。と言っても剣術を教えるわけにはいかんからな。おまえ、何ができる」

盛清は真顔で問いかけた。

答えられずにいると佐川権十郎がやって来た。

「おお、気楽」

盛清は上機嫌で迎えた。

「気楽にはな、落語、講談を指南してもらうつもりじゃ」

盛清は言った。

「失礼ながら、噺家《はなしか》や講釈師《こうしゃくし》も養成するのですか」

寄場の役目から逸脱《いつだつ》するのではないか、と思えてしまう。平九郎の心中を察したのか、

「何事もな、真面目一方ではいかん。何か息抜きもないとな」

もっともらしく盛清は説明を加えた。

「はあ……」

平九郎は生返事《なま》をした。

「ま、おれで役立つんなら、一肌《ひとはだ》脱ぐぜ」

佐川もやる気満々だ。

「気楽もな、人のために尽くすのに目覚めたのじゃよ」

盛清は得意げだ。

「そういうことだ」

佐川も調子を合わせた。

やれやれ、これでは経費削減どころではない。

下屋敷を出て佐川に誘われた。

「一杯、飲もうか」

佐川の誘いは望むところだ。盛清の道楽、いや、施しについて相談をしたい。本所《ほんじょ》の縄暖簾に入った。

入れ込みの座敷で面と向かう。

酒と肴《さかな》を頼んだ。

肴は泥鰌《どじょう》の丸煮と鯉の洗いである。

「大殿、内藤新宿での無宿人の扱いを御覧になって今回の趣味、いや、施しを思い立ったのですな」

平九郎が問いかけると、

「すまねえ……おれのせいだ」

佐川は頭を下げてから語り出した。

懇意にしている浪人がいて内藤新宿で剣術の道場を開いているそうだ。

「相良一刀斎《さがらいっとうさい》という男でな、二天一流《にてんいちりゅう》の使い手なんだ。一刀斎という名前なのに二刀流という面白い男なんだ」

ここまで話すと佐川は愉快そうに笑った。相良一刀斎をよほど気に入っているようだ。

「内藤新宿の寄席で何度か顔を合わせ、一杯飲んで親しくなった。懇意になると相良から狂歌会に誘われたんだ」

落語、講談好きの佐川はたちまち狂歌にのめり込み、盛清にも勧めたところ持ち前の好奇心で共に内藤新宿に通うようになったそうだ。

「おれが狂歌会に誘わなきゃ、相国殿は無宿人に関心を抱くことはなかったんだ」

佐川はもう一度頭を下げた。

「佐川さんに責任はありませんよ。狂歌と無宿人は無関係なんですからね」

平九郎は佐川を気遣った。

恐縮の体《てい》で佐川は酒を飲み続ける。

ふと、

「そうだ。内藤新宿を案内してください」

と頼むと、佐川はおやっとなり、

「そりゃ構わないが……平さん、狂歌会に出たくなったのかい」

「狂歌に興味はありません。藩邸出入りの商人を調べ直しているのです。入れ札で出入り商人を選ぶことになりました。付きましては内藤新宿で入れ札に参加してくれる商人を探そうと思った次第です」

平九郎の考えを受け、

「それなら役に立てそうだ。狂歌会を催している三河屋《みかわや》の主人徳左衛門《とくざえもん》は内藤新宿一の商人だからな。適任の商人を紹介してくれるさ」

佐川は快く引き受けてくれた。

上屋敷に戻るとその足で再び鈴木を訪ねた。

夜の帳《とばり》が下りているが、鈴木は不快がる素振りも見せず、かといって歓迎する風でもなく、淡々と平九郎を迎え入れた。

「なんですかな」

行灯《あんどん》の灯りに浮かぶ鈴木は前回同様すっとぼけた顔である。

「入れ札のことでございます」

ここで腹を立ててはいけないと平静を装った。

「ああ、あれですか」

鈴木は大袈裟に目を開いて見せた。

「なんとか、実施していただきたいのです」

平九郎は丁寧に頭を下げた。

「殿のご命令ですかな」

「殿のご命令ではなく、わたしが考え実施したいと殿に提案申し上げました。それが商人への出費を削減させることに繋がるとの考えからです」

「ご趣旨はわかります。それで検討申すとお答え申した」

「検討を急いでいただけませぬか」

「急ぎましょう」

鈴木は請け負ったが、またしても鈴木の調子に引き入れられてはなんにもならない。

「急ぐと申されると、いつまででございます」

期限を設けるべきだ。

「さあて、それをまずは検討せねばなりませぬなあ」

鈴木はおかしそうに笑った。

「まるで、禅問答ですな」

平九郎は怒りを飲み込んだ。

「では、こう訊きましょう」

鈴木は改まった顔で問いかけてきた。

「なんなりと」

平九郎は身構えた。

「入れ札と申されるが、それには複数の商人が必要でございますな」

　鈴木は言った。

「いかにも、そうでなくては入れ札の意味がありません」

「複数の商人をいかにして選びなさるおつもりか」

　鈴木は厳しい目をした。

「たとえば、蠟燭ならば何軒かの蠟燭問屋に声をかければよろしいでしょう」

　平九郎の答えをいかにも安易だと言いたげに鈴木は小さくため息を吐いた。

「どうやって選び出すというのです」

「いくらでもいるではござらんか。大名家御用達ともなれば商人も箔《はく》がつきましょう」

「大名家も多ございますのでな」

　大内家と言えど、大名屋敷に出入りすることに喜んでほいほいとついてくる商人などいないと言いたげだ。

「では、何もなさらないおつもりですか」

　気持ちを抑え、平九郎は問い返した。

「そうは、申しませんぞ」

「商人を募集してみてはいかがですか。あるいは、大内家と同様の大広間詰の大名屋敷に出入りしておる商人に声をかけてはいかがでございましょう」

平九郎の提案を、

「それは、難しいですな」

鈴木は難色を示した。

「何故です。声をかけたことございますか」

「商人どもの棲み分けができておるのでござる」

「…………」

返事はせず眉を顰《ひそ》めた。

「ここの大名屋敷はどこの商人という具合ですな」

鈴木は皮肉げな笑いを浮かべた。

内心で舌打ちをする。それでは、何も進まないではないか。鈴木は試行錯誤することなく答えを導き出してしまっているのだ。これでは、二千両どころか、一両の削減もままならない。無駄骨というものだろう。もっとも、鈴木は削減などできないと言いたいのかもしれないが。

それを裏付けるかのように、

「ですので、性急には事は運びませんなあ」

鈴木は結論めいた物言いをした。ここで、そうですか、と納得するわけにはいかない。かといって、気持ちを高ぶらせてはならない。落ち着けと自分に言い聞かせる。

「そこをなんとかせねば、物事は一向に進みません」

「そうおっしゃられても」

鈴木はのっぺりした顔を困惑で歪めた。

「鈴木殿や御用方が無理とおっしゃるのなら、わたしが商人を探してまいります」

「ほう、椿殿が」

鈴木はほくそ笑んだ。

おまえなんぞにできるものかという侮蔑《ぶべつ》が浮かんでいる。ここでひるんでは足元を見透かされると胸を張った。

「ならば、お願い申そうか」

鈴木はのっぺりした顔に戻った。

「お任せください」

胸を叩くだけの元気はなかった。

「ならば、これにて」

鈴木は、話は済んだとばかりに腰を上げようとした。平九郎はそれを引き止め、

「差し当たって、次の購入予定をお聞かせください」

「次は酒ですな」

鈴木はうれしそうな顔をした。いかにも酒好きのようだ。いつだと問うと十日後だと言う。鈴木は杯を口に当てる格好をした。

「では、話はこれでよろしいですかな」

鈴木は念押しするように言うと腰を上げた。

第二章　内藤新宿

一

葉月二十五日、平九郎は佐川権十郎と共に内藤新宿にやって来た。

平九郎は羽織、袴という武士らしい形《なり》だが佐川は浅葱色《あさぎいろ》地に月と薄《すすき》を金糸で描いたド派手な小袖の着流し姿である。

秋めいた爽やかな朝だった。

内藤新宿は元禄《げんろく》十一年（一六九八）浅草の名主であった高松喜六《たかまつきろく》たちの嘆願により開設された。日本橋から二里程の距離、甲州街道と青梅街道《おうめかいどう》の分岐点に位置する。宿場開設にあたり、幕府は信濃高遠《しなのたかとお》藩内藤家の中屋敷の一部を上納させたため、内藤の名と新しい宿場ということで内藤新宿と名付けられた。

ところが、享保《きょうほう》三年（一七一八）、八代将軍徳川吉宗《とくがわよしむね》の頃、風紀が乱れているという理由で閉鎖されてしまう。

その後、たび重なる嘆願の甲斐があり、明和《めいわ》九年（一七七二）に再開された。嘆願の中心となったのは高松喜六の後裔《こうえい》、五代目の喜六である。

狂歌会が催される三河屋は内藤新宿きっての大店《おおだな》、太物屋《ふとものや》と称される綿織物、麻織物を商っている。

狂歌とは日常を、江戸言葉を使って諧謔的に詠《よ》む歌である。古来より伝わる和歌を面白おかしく本歌取りにしたりもした。

たとえば百人一首の光孝《こうこう》天皇の和歌、「君がため春の野に出《い》でて若菜摘むわが衣手に雪は降りつつ」を、「世わたりに春の野に出でて若葉摘むわが衣手の雪も恥ずかし」という具合である。

天明期《てんめいき》（一七八一〜一七八九）に狂歌の人気は高まり、特に内藤新宿には大勢の文人が集って狂歌を詠んだ。佐川も狂歌好きになり戯作《げさく》には目がないとあって、内藤新宿に来ることを楽しみとしている。

近頃、内藤新宿の話題をさらっているのは花園《はなぞの》神社で催されている見世物小屋だった。花園神社の境内では見世物、芝居、大道芸が盛んに行われている。

特に荻生藤吉郎《おぎゅうとうきちろう》一座が評判を呼んでいるそうだ。軽業《かるわざ》とか水芸《みずげい》とか、面白くて凄い技が見られるのだとか。

見世物に誘われたが平九郎はまずは商人探しの目途《めど》を立てたいと佐川に頼んだ。

「真面目だねえ、平さんは」

佐川が承知し、甲州街道に沿って構えられた一膳飯屋の前を通りかかった。

富士見《ふじみ》と屋号が書かれた腰高障子が開け放たれ、女将《おかみ》と思《おぼ》しき年増《としま》の女が打ち水をしている。

「お恵《けい》さん、まだ暑いな」

佐川が声をかけると、

「あら、佐川さま……大変なことが起きたのですよ」

佐川の顔を見るなり、お恵は血相を変えて言い立てた。

佐川は黙って話の続きを促した。

「相良さまが殺されたんですよ」

お恵の答えに佐川は啞然《あぜん》としたが、

「詳しく聞かせてくれ」

と、口調を乱して頼んだ。

とても、商人探しを優先してくれとは言えない。

では、とお恵は平九郎と佐川を店内に案内した。開店前とあって客はいない。平九郎と佐川は入れ込みの座敷に上がり、お恵が用意した冷たい麦湯を飲んだ。

平九郎の挨拶もそこそこにお恵は相良一刀斎殺害について語り出した。

一昨日の夕刻、相良は狂歌の会へ出向いた。内藤新宿随一の大店、三河屋で催される狂歌会を相良は楽しみにしていたのだ。三河屋へ行く途中、富士見で腹ごしらえをした相良は、

「懐かしい男に会った」

と、お恵に言ったそうだ。どなたですか、と訊こうとしたが店が混んできたので問わず仕舞いだった。

ここまで語った時、

「これ、返しに来たぞ」

と言う声と共に男が入って来た。頭を丸め、小袖に裁着け袴《たっつけばかま》、両手に風呂敷包みと薬箱を持っている。風呂敷包みは富士見の重箱だった。薬箱を持っているということは医者のようだ。

案の定、男は浜田堂庵《はまだどうあん》という医者であった。しかも、相良の死を看取ったとお恵が教えてくれた。佐川は相良との仲を説明し、堂庵に相良の死について問いかけた。

堂庵は座敷に上がり、佐川と平九郎に向かい合って座した。

狂歌会が終わり、道場に帰る途中、相良は何者かに襲われた。

堂庵が、

「右肩から背中を斬られておった。肩の傷の深さからして屈《かが》んでいる時に背後から斬られたのだろう。屈んでいたわけは、狂歌会で飲み過ぎたようだな」

と、説明をした。

佐川は黙って思案を始めた。

堂庵は続けた。

「狂歌会が終わったのは夜四つのことだったそうじゃ。三河屋の奉公人が相良殿に付き添い、提灯で道を照らしながらしばし歩いたが相良殿はここでいい、あとは一人で帰ると奉公人を帰したのだ。奉公人が三河屋に戻ろうと離れたところ、相良殿が屈んだのが見えた。奉公人は相良殿が悪酔いをしたんだと気になって戻ろうとした。暗がりで人影が動いたそうじゃ。その直後に相良殿の叫び声を聞いた……」

異変が起きたと慌てて奉公人が戻ると、相良は血にまみれていた。

「奉公人、下手人《げしゅにん》は見なかったのか」

佐川が問いかけると、

「闇の中とあって、かろうじて蠢《うごめ》く人影を見ただけだそうだよ。ただ、足音が遠ざかるのには気が付いたそうだがな……」

その後、下手人捕縛よりも相良の手当が先だと、大急ぎで三河屋に帰り、奉公人たちと共に堂庵の診療所に運び込んだのだった。

相良が屈んだところにそっと近づき、斬りつけた、という状況からすると下手人は相良を付け狙っていたのではないか、と内心で平九郎は推量した。

「卑怯な野郎だな……堂庵先生の話からして凶器は刀、つまり下手人は侍ということになる。そっと背後から忍び寄り、背中を斬りつけるなんてのは、侍の風上にも置けねえよ。侍に限らず、人としてもな。とんだ屑《くず》野郎だぜ」

佐川らしい饒舌《じょうぜつ》さで下手人への怒りを吐き出した。平九郎は物盗りの仕業であろうか、相良の金品を奪おうと思ったのだろうか、と疑問を抱いた。

佐川も同じ思いのようで、

「物盗りの仕業か」

と、問いかけた。

「違うでしょうな」

堂庵は相良の財布を見せた。

中には銭、金が残っている。

物盗りが銭金を残すはずがない。すると、相良に恨みを抱いていた者の仕業であろうか。

「なら、恨みか……おれの目からすると相良氏は好漢《こうかん》だったが、内藤新宿での評判はどうだったのだろうな」

佐川が疑問を呈すると、堂庵は即座に答えた。

「少なくともわしの知る限り、相良殿を憎く思う者には心当たりがないな。道場の門人方からは尊敬され、三河屋さんの狂歌会には頻繁に呼ばれておったように、誰からも好かれておった……」

死者を慮《おもんぱか》っての証言ではないだろう。

いや、そうは決めつけられない。人の恨みというのは誰にもわからない。何が原因で恨みを買うのかわかったものではない。

恨みが殺しの動機としたら、内藤新宿以外の者という可能性はある。

すると、感極まったのかお恵が泣き出した。

「あんな好い人を……あたしゃ、下手人を許せないわ」

佐川も大きくうなずいた。

堂庵が開け放たれた腰高障子から覗く往来に目を転じると、やおら腰を上げ、

「市村《いちむら》さん」

と、大きな声を放った。

呼びかけに応じて若い侍が店内に入って来た。地味な紺地無紋の小袖に袴、この暑いのに黒紋付を重ねている。着物の衿《えり》は汗が滲んでいた。

蒼白い顔と華奢《きやしや》な身体とあって、どことなく頼りなげだ。

堂庵が内藤新宿に設けられた勘定所の出張所に駐在する市村清之進《せいのしん》殿だと紹介した。

平九郎と佐川も素性《すじよう》を明かし、

「一昨夜殺された相良一刀斎氏とは懇意にしていたんだ」

佐川が言った。

堂庵は往診がある、と出ていった。

二

市村は悔みの言葉を述べ立ててから、

「無宿人が江戸府中に流入しておりますので、四宿《ししゆく》を監督することになったのです」

市村は勘定所に勤める支払勘定の役にある。勘定所は勘定奉行の下《もと》、幕府の財政や直轄地である天領の民政を担う。厳しい算勘吟味《さんかんぎんみ》に合格すれば身分の上下にかかわらず登用され、実績に応じて昇進できた。

勘定吟味役、勘定組頭、勘定、支配勘定という四つの役職があり、市村は最も低い役職である支配勘定だ。

また、勘定奉行は五街道を支配する道中奉行を兼ねているため、勘定所には道中方という役目があり、市村が属しているそうだ。

四宿とは四つの街道における江戸の玄関に当たる宿場だ。すなわち、東海道《とうかいどう》における品川《しながわ》宿、日光道中《にっこうどう》の千住《せんじゅ》宿、中山道《なかせんどう》なら板橋《いたばし》宿、そして甲州街道の内藤新宿である。

天明三年（一七八三）、上野国《こうずけのくに》で浅間山《あさまやま》が大噴火し、上野国ばかりか関東一帯に甚《じん》大《だい》な被害をもたらした。数多《あまた》の農地が荒れ果て、大勢の農民が逃散《ちょうさん》し、江戸に流入した。

彼らは人別帳《にんべつちょう》には記載されていないために無宿人として扱われ、まともな職を得ることができなかった。食い詰めた者たちは盗みを働き、江戸の治安、風紀は大いに乱れた。

それから四十年余りが経過し、石川島の人足寄場ができて、被災地の復興が進んだことで、江戸に流入する無宿人は減少してきた。

ところが、今年になって無宿人の流入が増加し、それを問題視した勘定所が四宿で無宿人の取り締まりを徹底しているそうだ。その一環として内藤新宿には市村清之進が派遣され、常駐することになったのだった。

平九郎は市村を見据えた。

算勘吟味に合格したということは頭脳明晰なのだろう。実際、市村は聡明そうだが切れ者というよりは誠実で生真面目な印象だ。やさし気な風貌でもあり、丁寧な言葉遣いに物腰は柔らかい。

盛清が憤慨していた無宿人を片っ端から佐渡金山に送り込む冷徹さは感じられない。そんな市村が無宿人を佐渡金山送りにしているのだろうか。

もっとも、人の本性はわからないし、役目となれば私情を殺すのが役人だ。無宿人取り締まりは、市村は勘定所の方針だと言っているが背後には当然ながら勘定奉行の意向が働いているだろう、とも平九郎は思った。

となると、盛清の怒りの矛先《ほこさき》は勘定奉行に向けられるかもしれない。

平九郎の心中を察したように佐川が言った。

「勘定奉行の久坂越中守政尚《くさかえっちゅうのかみまさなお》って男はな、おれとは剣術の道場で同門だったのだ」

久坂は学業に秀で、書院番入りをした。その後、目付になり、異例の若さで勘定奉行に昇進したそうだ。

「出世欲の強さは誰にも負けないが、加えて久坂という男はな、才を誇りたがるのだ。だから、人と違う策を取りたがる」

と佐川が評したように、内藤新宿をはじめ四宿に勘定所の出張所を設置するというのは久坂の提言だそうだ。

通常、宿場の治安は問屋場《といやば》が担うのだ。

問わず語りに市村は経歴を語った。

市村は母親紗代《さよ》と二人暮らしだそうだ。父親の格之進《かくのしん》も勘定所に勤務していた。勘定組頭まで務め、昨年に病死した。市村は昨年、算勘吟味に合格した。死の床にあった格之進に合格を報せることができたそうで、それが父への供養になった、と市村は目を潤ませて話した。

勘定所は身分の上下に関係なく優れた能吏によって構成されている。そのため、家柄のない下級旗本、御家人の中で出世欲に満ちた者が集まっている。市村の家も御家人の身分だそうだ。出世欲とは無縁の純朴さを感じさせる市村だが、出世の階段を登るという闘志を秘めているのかもしれない。

算勘吟味に合格すれば支配勘定下という役目を担う。そこで実績を上げれば、支配勘定、勘定、勘定組頭へと昇進する。やがては勘定吟味役に出世する者もいる。そればかりではない。稀ではあるが勘定奉行にまで立身することもあるのだ。

「お母上は市村さんの立身を願っておられるだろう」

佐川の問いかけに、市村は首を左右に振って返した。

「母は拙者には無理をするな、と申します。父が多忙ゆえ、患っても医者にかからず、役目に邁進《まいしん》して寿命を縮めた、と思っておるのです」

なるほど、それが母心なのだろう、と平九郎にも理解できた。市村が内藤新宿の治安を担うのであれば、相良一刀斎を殺した下手人を挙げてもらわなくてはならない。

「それならば、ちと頼みがあるんだがな」

佐川は砕けた調子で語りかけたが、

「なんなりとお申しつけください」

あくまで堅苦しい物言いで市村は受けた。

「相良一刀斎が亡くなった一件を耳にしているだろう」

「はあ……確か辻斬りに遭ったと」

なんとも頼りない返事である。

佐川は相良殺害の経緯をかいつまんで話した。

「それでは、闇討ちではありませぬか。実に卑劣な所業です。背後から斬るなど、人でなしもいいところです」

市村は怒った。素直に気持ちを表すとは、やはり市村は真面目そうだ。

我が意を得たとばかりに佐川は深くうなずき、

「下手人を挙げねば相良は成仏できん。だから、手助けしてくれないか」

と、頼んだ。

「むろんのこと、手助けではなくそれは拙者の役割と存じます。勘定所、道中方の役人として内藤新宿に留まるのは、無宿人の取り締まりに限りませぬ。宿場のみなさんの暮らしを脅かす不逞《ふてい》の輩《やから》に注意を払うのも拙者の責務と考えております」

ひ弱な身体とは正反対の実に頼もしいことを言ってくれた。

「心強い。是非とも頼む」

佐川が一礼すると、

「ですが、下手人は内藤新宿に留まっているのでしょうか」

と、市村は指摘した。

確かにその通りだ。

行きずりの凶行であれば尚更、下手人が新宿にはいない可能性が高い。恨み、あるいは何か特定の動機があっての犯行ならば、新宿内の者が下手人だという可能性もある。それにしても、新宿外の者が凶行に及んだ可能性も否定できない。

それでも、佐川は新宿内の者の仕業ではないか、と漠然と思っているのではないか。根拠などはないし、単なる思い付きに過ぎないのだが……。

佐川は自分の手で下手人を挙げたい、できれば自分の手で仇《あだ》を討ちたいという願望を抱いているのでは、と平九郎は思った。

黙り込んだため、佐川の機嫌を損じたのかと危ぶんだようで、

「相良殿を殺《あや》めた下手人を挙げましたなら、真っ先にお報せ致します」

改めて市村は決意を示してくれた。

市村ならば手を抜くことなく、懸命な探索を行いそうだ。市村は背筋をぴんと伸ば

し一礼すると腰を上げようとした。

「ああ、そうだ。おまえさん、住まいは何処だい」

佐川は問いかけた。

「問屋場の一角に出張所を設けてもらっており、大袈裟ですが内藤新宿陣屋というわけです。ですから、陣屋で寝泊まりを致しております」

市村の顔は使命感と希望に溢れていた。平九郎の目には眩しく映った。

佐川から平九郎が藩邸出入りの商人を探していると聞くと、市村は平九郎にも気遣いを示した。

「大内さまの藩邸出入りの商人、拙者も探します」

気の好い若者のようだ。

すると、

「市村、何をしておる」

という剣呑《けんのん》な声が聞こえた。

声の方を見ると羽織袴に身を包んだ中年の武士がこちらを睨んでいる。まだ、暑さが少し残っているのに黒色の宗十郎頭巾《そうじゅうろうずきん》を被っている。しかも、通常の宗十郎頭巾は顎までを布で覆うのだが、この男は鼻まで隠しており、狐のような両目だけが覗いている。

そのため、ひどく陰険な感じがする。

「須藤《すどう》さま、お疲れさまです」

市村は丁寧な挨拶をした。

「無宿人、何人召し捕った」

高圧的な物言いで問いかけた。平九郎と佐川には目もくれない。

「まだ……でございます」

市村は口ごもった。

「なんじゃと」

須藤は市村に詰め寄った。

「まだ、一人も捕まえておりませぬ」

伏し目がちになって市村は答えた。

「怠慢であるぞ！　性根《しょうね》を据え、役目に務めよ。上役が居ないのをいいことに遊んでおるとは見下げ果てた奴じゃ。朝から一膳飯屋に入り浸りおって酒でも飲もうとしておったのか」

口角泡《こうかくあわ》を飛ばさんばかりの勢いで須藤は市村を叱責した。

「申し訳ございませぬ」

深く頭を下げ、市村は詫びた。

平九郎が横から口を挟もうとしたのを佐川が制し、

「市村氏は怠慢ではない。着任して日が浅いゆえ内藤新宿に溶け込もうとしておるのだ。この店におるのもおれが呼んだからだ。おれは市村氏が生真面目で誠実な人柄だと見定めた。それで、初対面にもかかわらず懇意にしておった相良一刀斎殿殺害の探索を頼んだ次第」

と、市村を庇《かば》った。

続いて平九郎も名乗り、

「わたしも、市村殿が信頼できるお方と見越し、図々しくも当家出入りの商人を紹介して欲しいと依頼を致しました」

と、言い立てた。

上役風を吹かし、頭ごなしに市村を罵倒《ばとう》する須藤に我慢がならない。

ここで須藤はやっと平九郎と佐川に向いて、

「わしは勘定所、勘定組頭須藤小平太《こへいた》でござる」

と、自己紹介をしてから、

「勘定所が内藤新宿に出張所を設けたのは無宿人の取り締まりのためです。ご承知のように、宿場の治安というものは問屋場に任せております。むろん、宿場を統括する道中奉行は勘定奉行が兼ねておりますゆえ、我ら勘定所の役人も宿場で起きた問題を無視はしませぬ。ただ、目下の急務は無宿人の捕縛、よって、殺しの探索は二の次、また、あいにくですが商人紹介はできぬ相談でありますな」

慇懃無礼《いんぎんぶれい》に断りを入れた。

いかにも融通《ゆうずう》の利かない小役人といった男だ。

「わかったよ。あんたには頼まん」

佐川は見切りをつけ、平九郎を誘ってその富士見から出た。

「嫌な野郎だな。風流な内藤新宿には不似合いな男だぜ」

歩きながら佐川は大きな声で言った。

三

平九郎と佐川は問屋場へとやって来た。

問屋場は江戸から全国へ通知される幕府書状の継立《つぎた》て及び人馬や人足を取り仕切っ

ている。宿場を通る街道の真ん中に設けられ、内藤新宿も例外ではない。従って新宿内の治安を管理するには好都合な場所で、人足二十五人、馬二十五頭を常備していた。

秋晴れの下、土埃が舞う中、彼らに声をかけるが返事はない。誰もが忙しげだ。それでも人足を捉まえ人足を指図する人馬指《じんばさし》を見つけた。

人馬指は権次郎《ごんじろう》という男であった。

荒っぽい人足を束ねているとあって力士のような身体をし、牛のような顔つきであった。

「お侍、少しは周りの様子を見てくれねえかな」

いかにも世間知らずの迷惑な連中だと小馬鹿にしたような物言いである。街道は人馬でごった返し、怒声や馬の嘶《いなな》きで満ち溢れている。

すると、平九郎の背後に立っている佐川に気付き、

「こりゃ失礼しました。佐川さま、まだ日が高いのに狂歌会ですか」

と、頭をぺこぺこと下げた。

「狂歌会じゃないよ。ちょいと、こちらの椿殿の付き合いで朝っぱらからやって来たんだが、相良一刀斎が殺されたそうじゃないか。勘定所のお偉い役人さまに下手人探

索をお願い申し上げたら、それは問屋場の仕事だって袖にされたんでな、人馬指の権次郎さまを頼ろうと思ってやって来たんだ。おい、早速だが下手人の目星はついたのか」

須藤とのやり取りで残っている不快感からか佐川の口調はぶっきらぼうだ。

「それが……このところ立て込んでましてね、こりゃ言い訳ですが。もちろん、新宿内で起きた殺しを見過ごしにはできません。人足どもに聞き込みさせますんで」

申し訳なさそうに権次郎は首をすくめた。

佐川は怒りを我慢し、

「わかった。しっかり頼むぞ」

笑顔を取り繕って財布から一分金を取り出すと権次郎に握らせた。権次郎はぺこぺこ頭を下げた。

問屋場を後にし、

「なら、三河屋へ行こう。思いもかけない事件が起きて寄り道をしてしまったな」

佐川に言われ、

「こちらこそ、お手数をおかけします」

平九郎は内藤新宿での商人探しに気持ちを切り替えようとしたが、殺しという大事を放ってはおけない。

「佐川さん、相良殿は三河屋で催された狂歌会の帰り道を襲われたんですから、三河屋で事件について確かめましょう。参加した者たちの素性を確認してから、聞き込みをするのがよいのでは」

平九郎が勧めると、

「そうだな……権次郎は当てになりそうもないしな……」

佐川もやる気になった。


三河屋は内藤新宿きっての大店というだけあって街道に面して店を構えていた。葺かれたばかりの屋根瓦が陽光を弾き、手代《てだい》たちが反物《たんもの》を手に客とやり取りをしている。佐川に気付いた手代が案内に立った。平九郎と佐川は通り土間を進み、店の裏手にある母屋に入った。

客間で待つこともなく主人の徳左衛門がやって来た。白地無紋の小袖に羽織を重ねた徳左衛門は四十前後、細面の優男《やさおとこ》然《ぜん》としており、いかにも風流を解する文人のようだ。

徳左衛門は相良一刀斎への悔みの言葉を述べ立てた。

「問屋場で下手人の探索をしているだろうが、おれも放ってはおけない。下手人を捕まえたいんだ。それで、色々と話を聞かせてくれ」

佐川が頼むと徳左衛門は承知したものの、なんとも素っ気ない態度であった。

狂歌会に出席していた者を確かめるが徳左衛門はよくは覚えていない、と曖昧《あいまい》に言葉を濁す。

「そんなはずはなかろう。その日が初めての狂歌会ではあるまい。狂歌会の参加者は日によって決まっているのではないのか」

佐川が食い下がるように問いかけると徳左衛門は、

「おっしゃるように参加者は決まっております。しかし、会ごとに欠席者もおりますし、招待客もおりますのでな」

相良が殺された日の正確な出席者は覚えていない、と言い添えた。

「では、相良が殺された日に限らず参加する者の名を教えてくれ」

平九郎が頼むと徳左衛門は早口で答えた。

「すまん、ちょっと待ってくれ」

平九郎は懐から帳面を取り出し、腰の矢立てを用意しようとしたが、

「では、手前が」

と、徳左衛門は平九郎から帳面と矢立てを受け取って参加者の名前を記してくれた。返された帳面には十五人の名前と住まい、職業が書かれてあった。

十人が内藤新宿内、三人が江戸府中、二人が近在の助郷村《すけごうむら》に住んでいた。助郷村とは常備された人馬だけでは役目に支障が生じそうな時、人馬を提供する宿場近くの村である。内藤新宿には二十四の助郷村がある。三河屋の狂歌会に参加している二人は角筈村《つのはずむら》の豪農たちだった。

佐川の知る者はいない。相良は内藤新宿に住んでいるため、狂歌会には頻繁に出席していた。佐川に馴染みのない者たちとも狂歌を詠んでいたようだ。

新宿内の十人を訪ねるのは簡単だが江戸府中、角筈村の二人に聞き込みをするのは日数を要する。それでも、めんどうがってはならない、と佐川は己を叱咤《しった》した。

参加者を確かめてから、

「相良に恨みを抱く者に心当たりはないか」

と、問いかけた。

「あるはずございませぬな」

徳左衛門は即答してから、相良が参加者たちからいかに慕われていたかを述べ立てた。相良に対する畏敬の念は感じられたが、徳左衛門の佐川に対する態度はよそよそしい。

狂歌会で何度も顔を合わせているのにこの態度は意外だ。しかも、よそよそしさに加えて警戒心が感じられた。

何しろ面談の間中、商人らしからぬ物腰、つまり、笑顔ひとつ見せない仏頂面に終始したのだ。

それでも、平九郎は、大内家出入りの商人を探していると言ってから、

「出入りを決める入れ札に参加してくれる商人を探しておるのだが心当たりはないか」

と、頼んだ。

これには徳左衛門は親切に対応してくれた。書付に酒問屋、油問屋、醬油問屋、炭問屋、そして畳問屋を記してくれた。

三河屋を出てから、

「平さん、おれは内藤新宿内の十人を訪ねる。平さんは商人を回ったらどうだい」

という佐川の提案に平九郎は応じた。

「で、回り終わったら、勘定所の出張所で落ち合おう」

この佐川の誘いには、

「いや……それは」

須藤を思い出し、平九郎は難色を示したが、

「ま、いいじゃないか」

佐川に言われ、渋々承知をした。

三河屋徳左衛門の紹介ということでどの商人も入れ札への参加を引き受けてくれた。一方、佐川の方はというと、素っ気ない態度は三河屋だけではなく、十人全てであった。佐川や平九郎との関わりを避けているのだ。相良は新宿の者たちから慕われていた。下手人を挙げることに協力してくれるものと踏んでいたのだが意外な対応である。

四

勘定所の出張所、市村が言う内藤新宿陣屋を訪れた。

日が落ちるには時があるが日輪《にちりん》は西の空に傾き、吹き抜ける風は爽やかだ。人馬の喧噪《けんそう》に秋虫の鳴き声が混じり、秋の深まりを物語っている。

所在地は問屋場内にある馬小屋の近くだった。しかも建物は物置小屋で、市村が疎《うと》んじられている様がよくわかる。

戸は開いており、幸い須藤小平太の姿はない。

声をかけ、平九郎と佐川は中に入った。

相変わらずの生真面目な面持ちで市村は書きものをしていたが、二人に気付くと顔を上げた。畳が敷かれ、文机の他には行李《こうり》、隅には布団が畳まれているだけの殺風景さだ。

畳は急いで用意されたのだろう。縁が剝がれた古畳である。誠実に役目を果たそうとしている市村が気の毒になった。

「申し訳ございません」

顔を見るなり市村は相良殺害探索が進んでいないこと、須藤の高圧的な対応を詫びた。その上で、

「須藤さまは殺しの探索は無理だとおっしゃいましたが、何も一日中、無宿人捕縛を行うわけではありませんので、暇を見つけ、相良殿殺害の探索を行います」

市村は気遣ってくれた。

「須藤殿に見つかったら、厳しく叱責されましょう」

平九郎は心配をした。

「大丈夫です。須藤さまは内藤新宿ばかりか、板橋宿、千住宿、品川宿も巡回しておりますので」

市村は言った。

「無宿人の捕縛に尽くしておられるのですな」

平九郎は少しだけ安堵《あんど》した。

佐川が三河屋で催された狂歌会に参加した者たちに聞き込んだが成果がないと話した。加えて、内藤新宿内の者たちは市村に非協力的だと嘆きもした。

「何か警戒されているようだな」

佐川は市村に向いた。

「警戒ですか……」

市村は首を傾げた。

「他に目的は……いや、回りくどい言い方はやめよう。勘定所は、いや、勘定奉行久坂越中守は内藤新宿を潰そうと企《たくら》んでおるのではないのか。あいつは他人のやらないことをやりたがる。享保の頃、風紀が乱れているという理由で内藤新宿は閉鎖された。狂歌、戯作が流行り出したのは天明の頃からだ。今日、狂歌、戯作は更なる活況を呈している。公儀のお偉方には狂歌、戯作、錦絵、芝居なんかを嫌悪する者がいる。無《ぶ》粋《すい》な輩だが、奴らからしたら風紀を乱す下世話《げせわ》なもの、内藤新宿は享保の頃より乱れている、と敵視しているんじゃないか。そんな公儀のお偉いさまの顔色を窺い、久坂なら自分が潰してみせましょう、などと請け負ったとしても不思議はないな」

立て板に水の勢いで推測を語り終え、佐川は市村の目を見据えた。市村はどんぐり眼《まなこ》をしばたたかせ、右手を左右に振って言い返した。

「そのような……そのようなことはありませぬ。久坂さまも勘定所も内藤新宿を潰そうなどと考えてはおりませぬ。噂にすら聞いたこともありませぬ」

嘘ではないようだ。

「そうか、ならばよい。おれの勝手な勘繰りだった。いや、疑って悪かったな」

と、一旦は非を認め佐川は詫びたが、

「いや、新宿内でそんな噂が流れているぞ。それは、確かだ。火のない所に煙は立たぬ、だ」

すぐに蒸し返した。

市村は困り顔となって続けた。

「なるほど、新宿内ではそんな噂が流れているのですね」

市村は小さくため息を吐いた。

それでも、

「佐川さまが聞き込みをなさった三河屋の狂歌者たち以外……角筈村や江戸府中に住まう者たちの聞き込みは拙者が引き受けます」

と、市村は微笑んだ。

佐川は礼を述べてから、

「よしわかった。ついて来な」

と、腰を上げた。


佐川は平九郎と市村を伴って三河屋を再訪した。

徳左衛門は客間で会ってくれたが明らかに不満そうだ。

「勘定所の出張所……陣屋なんだがな、もっと、ましな所に構えられぬものか」

まず佐川は陣屋の環境がひどい点を言い立てた。あれでは、市村が気の毒だし、役目に支障が出る。若さと生真面目さで耐えているが、いずれ無理が祟る。

思いがけない佐川の頼みかけに徳左衛門は目をしばたたいた。

「今は確か問屋場の中ですな」

惚けているのか徳左衛門はのんびりとした口調である。

「問屋場の中でも馬小屋の隣だ。あれじゃあな、役目どころかおちおち眠れもせん。何処かもっと落ち着いて仕事ができる場所を提供してやってくれ」

真顔で佐川は頼んだ。

「そうでしたか。いや、それは気が付きませんで、すみませんでした。確かに馬小屋の隣というのはよくありませんな。おそらくは、市村さまの滞在がそんなには長引かないだろうということで、権次郎の奴もありあわせの場所を用意したのだと思います」

平然と徳左衛門は権次郎のせいにした。

「なら、ありあわせでない所に移してもらおうではないか」

佐川の頼みに、

「そうですな……それで、市村さまはいつ頃まで内藤新宿に滞在なさるご予定でござりますかな」

窺うような目で徳左衛門は佐川を見返した。

勘定所に対する疑念と警戒心を示している。

「勘定所からは戻れと命じるまでは滞在せよ、と言われておろうな。無宿人の江戸府内への流入が防がれるまでは……」

市村の判断では内藤新宿を去ることはできないだろう、と佐川は言い添えた。

「そうですか……」

徳左衛門は思案をする風だ。

佐川が、

「三河屋殿は公儀が内藤新宿を潰そうとしているという噂、耳にしておられるだろう。それゆえ、勘定所が市村氏を派遣したんだ、と勘繰っておるのではないか」

ずばり徳左衛門の本音を問い質した。

「これはまた……縁起でもないですな。口さがない者たちの好き勝手な噂話である、と願っております」

徳左衛門は返した。

「徳左衛門殿が取り繕うのも無理ないな。新宿を守る立場にあるのだから、勘定所を警戒するのはわかるが、あの市村清之進という男はそうじゃないんだ」

市村に代わって佐川は言い立てた。

すると徳左衛門は笑顔になって問い直した。

「佐川さま、馬鹿に市村さまに肩入れをなさいますな」

徳左衛門は市村に加え、佐川にも警戒の目を向けた。

「おれは、市村氏の素直なところが気に入った。偉そうだが、おれは人を見る目はあるつもりだ。市村氏は勘定所の役人という役目柄、生真面目で堅物なところはあるが、困っている者を助けたいという義侠心《ぎきょうしん》も持ち合わせている。その義侠心は心根のやさしさと素直な人柄に根差しているんだ。それに比べて、須藤何某《なにがし》は……おっと、これくらいにしておこうか」

佐川は堂々と捲《まく》し立てたが、さすがに須藤小平太の悪口は控えた。

「佐川さまにはかないませぬな」

徳左衛門は頭を掻いた。

「信じてくれ」

佐川は言い添える。

「断じて、内藤新宿を潰そうなどと考えてはおらぬし、勘定所から命じられてもいない」

ここぞと市村も主張した。

笑顔を引っ込め、徳左衛門は不穏な目をした。

「あんたも人を見る目があるだろう。どうだ、じっくり見てやってくれ」

佐川は言い立てた。

しばらく徳左衛門は市村に視線を預けた後、

「なるほど……」

徳左衛門はうなずいた。

「どうだい」

佐川は迫る。

「ここでいくら勘繰っても答えは出ませんな。それに疑心暗鬼を募らせればろくなことはない。わかりました。市村さまには、内藤新宿に滞在なさる間は不自由なく役目が担えるよう、配慮しましょう」

徳左衛門は市村を受け入れた。

「かたじけない」

佐川は肩の荷が下り、話を続けた。

「それと、今度はおれのことだが、言うまでもなく、おれは内藤新宿を潰すなんてことに加担しておらん。おれが勘定奉行久坂と知り合いだから、あんたは疑ったのかもしれんが、はっきり申して久坂とはそりが合わず、久坂の手先になるなんぞ、たとえ千両積まれても真っ平御免だ」

最後の「たとえ千両積まれても」のところを佐川は目をむき、芝居めいた口調で言い立てた。

唖然と口を閉ざした徳左衛門に、

「だから、あんたから宿場の者の誤解を解いてもらいたい。佐川権十郎は相良の死の真相を突き止めたいだけだってな」

この通りだ、と佐川は軽く頭を下げた。

「わかりました」

徳左衛門は微笑んだ。

三河屋を出るとすっかり暗くなっていた。

澄んだ夜空を星影が彩っている。秋の虫の鳴き声が清浄《しょうじょう》と響き渡り夜風に涼《りょう》が感じられる。

商人探しにやって来た内藤新宿であるが思いもかけない殺しに遭遇し、盛清が危惧した無宿人問題を目《ま》の当たりにした。

「平さん、余計な一件に付き合わせてしまったな」

佐川の気遣いに、

「内藤新宿の実状を知ることができました」

平九郎は笑顔で返した。

「殺しの一件はおれが探索する。平さんは入れ札の準備に専念してくれ」

佐川は言った。

五

明くる日の昼、佐川は一人で内藤新宿にやって来た。

早速、徳左衛門は約束を果たしてくれた。

陣屋を街道に面した場所に確保してくれたのだ。問屋場から西に半町程に位置し、十日前まで小間物屋であったが江戸府内に引っ越したため、新たな借り手が出るまで空き家になっていた間口五間の平屋である。

小間物が並べられていた店内は畳が敷かれ、文机や書棚の他、箪笥《たんす》や卓袱台《ちゃぶだい》も用意された。店の奥は寝間、居間に当てられた。玄関には徳左衛門が筆を取り、「内藤新宿陣屋」と大書された看板が掲げられている。

中に入ると市村と徳左衛門がいた。

徳左衛門は日誌を届けに来たそうだ。佐川は受け取り、目を通した。相良が殺された日に参加した者の名と各々詠んだ狂歌が書き留められている。

やはり、徳左衛門は市村を警戒していた。訪問した時にこれを見せてくれればよかったものを、と佐川は思ったが咎《とが》め立てはしない。

日誌に残る参加者は既に聞き込みを行った者ばかりであったが、三河屋訪問時には徳左衛門が帳面に記さなかった者が二人いる。二人は会員ではなくその日の招待客であった。

荻生一座の座長、荻生藤吉郎と武家の田中《たなか》さまと記してあった。藤吉郎は狂歌を詠んでいるが田中の狂歌は記されていない。

「田中という武家は何者なのだ」

佐川が問いかけると、

「相良さまのお知り合いだそうでした。久しぶりに道場を訪れ、昔話に花が咲いて狂歌会にも参加なさったのです。狂歌は嗜《たしな》まず、見物なさるに留まりました。あまり興味を抱かれなかったようで、半時もせずに帰ってゆかれました」

徳左衛門は答えた。

「田中とだけ記してあるが……」

名前と素性が気にかかる。

「さて、田中という姓以外は名乗られませんでした」

武士はぶっきらぼうに、「田中」とだけ名乗るに留《とど》めたため、それ以上は問わなかった。幕臣とも大名家の家臣とも判別が付かなかったそうだ。

徳左衛門は気にかかったが会員に加わる気はなく、相良を訪問した流れで顔を出した程度なので今後の関わりはないと、素性を田中に確かめなかったという。

田中は相良とは旧知の間柄とだけは想像できる。かつての門人であったのだろうか。

「歳の頃は……」

相良殺害とは無関係だろうが気になる存在だ。

「四十前後とお見受けしました」

徳左衛門は答えた。

相良と同年輩だ。剣を通じて交流があったのだろうか。相良の死を知ったとしたら、三河屋かここを訪れるかもしれない。

ああ、そうだ。

富士見のお恵が言っていた。狂歌会の日、相良は懐かしい男に会った、と。その男が田中だろう。

相良は花園神社の見世物小屋をたびたび訪れたそうだ。見世物小屋とは近頃評判の荻生一座だ。

荻生一座の座主荻生藤吉郎は狂歌会に参加していた。相良と藤吉郎は親しかったのだろうか。荻生一座を話題にすると、

「軽業や水芸が評判です」

市村は言った。

「そんなにも面白いのか」

「実は、須藤殿には内緒で、一度見物したんです、中々の技ですよ。花園神社ではよく軽業師が興行を打っているんですが、その中でも荻生一座は特別に目をひきますよ。そらね、潜り抜けやら、短刀投げやら」

よほど気に入ったのか市村は興奮気味に一座の軽業芸を、手真似をしながら熱っぽく語った。

その挙句に、

「でもね、一座の中でひときわ評判を呼んでいるのが女芸人の紅螢《べにほたる》なんですよ」

と、市村は言った。

「紅螢とは面白い名前だな……もちろん、芸名であろうが」

佐川が興味を示すと、芸名でしょうね、と答えてから市村は続けた。

「紅螢は深紅《しんく》の肩衣《かたぎぬ》を身に着けていましてね、水芸をやったり、色紙で作った蝶を舞わせたり、それから手妻《てづま》をやったりって、そりゃもう、芸が華やかなんですよ。ですからね、紅螢が舞台に登場すると、男どもの目は釘付けになってしまうんですよ」

自分がそうなのだろうと佐川は思ったが、

「それで、相良氏が一座の見世物小屋を訪れていたことに、何か引っかかるのか」

佐川は訊いた。

「引っかかるっていえば引っかかるのですよ。と言いますのは、相良殿は見世物とか芝居とかには関心のないお方だったようなのです。それが、一座の見世物小屋には何度か足を運んでいらっしゃるんでね、これは、何かあるんじゃないでしょうか」

「なるほど、それは臭うな」

佐川も関心を示した。

市村は両目を見開き、

「まさかとは思いますが、相良殿は紅螢に心をひかれたんじゃないですかね」

「まさか……」

佐川は鼻で笑ったものの、

「そりゃあるかもな。相良も男だ。好い女に惚れるのはあたり前だ」

「そうですよね」

市村は何度もうなずいた。

「よし、軽業見物でもしてくるか」

佐川は腰を上げた。

佐川は荻生藤吉郎と田中と名乗る侍が、相良が殺された日の狂歌会に参加していたことを伝えた上で、

「相良氏は狂歌会に出かける際、富士見のお恵に懐かしい者に会った、と言ったそうだ。田中は相良と旧知の間柄なのだろう。となると、怪しいのは荻生藤吉郎だな」

佐川は眼光鋭く決めつけた。

六

花園神社を参拝した。

花園神社は上町《かみちょう》にある内藤新宿の総鎮守《そうちんじゅ》である。真言宗豊山派愛染院《しんごんしゅうぶざんはあいぜんいん》の別院、三光院《さんこういん》の住職が別当《べっとう》を務めていたことから三光院稲荷《いなり》とも呼ばれている。

まずは木戸銭《きどせん》を払い一座の芸を見物した。市村が言っていたように桟敷席《さじきせき》は満杯である。佐川は板壁に寄りかかり立ち見をした。

芸人が複数の短刀をお手玉のように操り始めた。舞台袖から手拭を吉原被りにし、肩衣、袴を身に着けた男が現れた。見物客から、

「いよ、藤吉郎！」

と、声がかかった。

一座の頭、荻生藤吉郎のようだ。

藤吉郎は満面の笑みで礼を述べ立て、

「短刀は投げなければ意味がありません」

と言って、舞台袖を促した。

雨戸が運び込まれ、二人が左右から支えて立てかける。

「では、一座の花、紅螢でございます」

藤吉郎が言うと娘が舞台の真ん中に立った。名前を意識してか薄紅の小袖に濃い紅色の肩衣、袴姿だ。肩衣と袴には螢の絵柄が金糸で縫われている。光沢のある髪を勝《かっ》

山髷《やままげ》に結い、鼈甲《べっこう》細工の櫛《くし》と笄《こうがい》で飾っていた。

すらりと背が高く、細面の顔は鼻筋が通り、紅を差したおちょぼ口が妖《あや》しく艶《つや》めく。

男客から歓声が上がり、女からも、「可愛らしい」という賞賛の声が聞かれた。

紅螢は藤吉郎に促されて雨戸の前に立った。

両手を磔刑《たっけい》にかけられたように横に伸ばす。

「さあ」

藤吉郎が声をかけると男が短刀を投げた。矢のように飛んだ短刀は次々と雨戸に突き立った。いずれも、紅螢の顔、首、胴体すれすれである。

息を呑んで見守る見物客とは対照的に紅螢はにこにこと微笑んでいた。

「では、次は手前が……おっと、座員と同じでは座頭の名がすたるというもの。ちょっと、趣向を」

藤吉郎は懐中から黒い布切れを取り出すと目隠しをした。目が見えないと示すためか、藤吉郎は両手を探るようにかざした。

座員が藤吉郎の脇に立った。

手にはいくつもの短刀を持っている。

「紅螢、外したら勘弁な」

陽気な声で藤吉郎は声をかけた。

「お頭、短刀が刺さって死んだら化けて出てやりますよ」

紅螢は微笑みかけた。

「紅螢の幽霊はおっかなそうだね」

軽口を叩いて藤吉郎は座員から短刀を受け取った。

見物客の中には顔をそむけたり、両手を合わせて紅螢の無事を祈る者がいる。ぴんと空気が張り詰め、水を打ったような静寂が小屋の中を支配した。

「それ！」

鋭い声と共に藤吉郎は短刀を投げた。

紅螢の右の頰すれすれに短刀が突き立つ。

間髪を容れず、藤吉郎は次から次へと短刀を放った。咽喉、肩、脇腹、腰、足、左右それぞれにぎりぎりの位置に短刀が刺さった。

全ての短刀を投げ終え、藤吉郎は布切れを取り払った。

ここでため息と共にやんやの喝采が上がった。

短刀投げの妙技の興奮が冷めやらぬ中、唐服《とうふく》を着た座員が青龍刀《せいりゅうとう》を呑んだり、三人組の男たちが蜻蛉《とんぼ》を切ったりを披露した。

更には全身に墨を塗った男が籠脱けを披露した。竹で編んだ六尺ばかりの籠を横にして、そこに飛び込み、一気に潜り抜ける技である。

締め括りは紅螢の水芸と蝶の舞である。

いかにも涼し気で可憐な芸だ。特に扇子で煽《あお》られた紅色の蝶が舞う様子の美しさは佐川も見蕩《と》れてしまった。蝶に続いて、螢を模したと思われる紙細工も披露された。

明かり取りの窓が暗幕に覆われ、舞台も客席も闇に覆われる中、尻尾が光る紙製の螢が飛び交った。

芸が終わると暗幕が取り払われ、紅螢の笑顔が眩しい輝きを放ったところで閉幕となった。

想像以上の芸を見せられ、佐川は余韻を引きずりながら楽屋を訪ねた。

「御免」

荻生藤吉郎に面談を求める。

挨拶に出て来たのは紅螢である。間近で見ると化粧を落としているせいか、思ったよりも若く、娘然としていた。

佐川は名乗り、座長に会いたいと、心づけを渡した。

「ありがとうございます」

弾けるような笑顔で紅螢は奥に引っ込んだ。

すぐに、荻生が出て来た。

ド派手な着物姿ながら髷と腰の大小を見て、藤吉郎は佐川を武士と見なしたようで、丁寧に腰を折った。

「さあ、どうぞ。むさ苦しい所ですが」

荻生に案内されて小部屋に入った。

佐川は名乗ってから、

「随分と繁盛しているな。内藤新宿ばかりか江戸の府中や近在の村からも大勢の見物人が訪れているんだってな」

「ありがたいことでございます」

荻生はぺこりと頭を下げた。

「評判になるのも無理はない。みな、芸達者だ」

「どうしたんです。あたしらのような者に世辞《せじ》をお使いになることはありませんよ」

荻生は頭を振ったが、その目は警戒に彩られている。

「実はな、今日来たのは確かめたいことがあるのだ」

佐川が切り出すと、

「あたしでお役に立てるようでしたら」

荻生は満面の笑みを浮かべた。

「相良一刀斎を存じておるな」

「お名前は存じておりますよ。新宿で道場を開いておられます。宮本武蔵《みやもとむさし》の二天一流の使い手だと耳にしたことがあります……お気の毒なことに殺されなすったとか……」

藤吉郎は笑顔を引っ込めた。

「相良氏は何度かこちらの見世物小屋に足を運んでいたそうだ。あんた、相良氏と言葉を交わしたのではないか、と思ってな」

「さて、今も言いましたがね、あたしは相良さまを知りませんので」

「だが、相良氏は何度か見物をしに来たのだ。目についたのではないのか」

「毎日、大勢のお客さまにいらしていただけますので……その、なんというか」

要するに客の顔を一々覚えていない、と言いたいようだ。

「そう申すが、三河屋で催された狂歌会に参加したのだろう」

不意打ちのように佐川は問いかけた。

それでも藤吉郎は微塵も動ぜず、

「興行を打たせていただきます土地の分限者《ぶげんしゃ》の集まりには顔を出すのでございます。狂歌会にいらしたお武家さまが相良さまだったのですか。それは気付きませんでした」

しれっと答えた。

「ならば、もう一人の武家……田中何某はどうだい」

どうせ知らないと答えるだろうと期待せずに訊いた。案の定、藤吉郎は覚えていない、と答えた。

見世物小屋を出た。

どうも、釈然としない。

「さて、どうなんだろうな」

佐川は見世物小屋を振り返った。そこへ、

「大変ですよ」

と、市村が近づいて来た。

「なんだ、血相を変えて」

宥めるように佐川が語りかけると、

「騒ぎですよ。陣屋の前です」

大きな声で市村は言った。

「わかった」

事情はわからないがともかく、騒ぎを鎮《しず》めなければならない。佐川は駆け出した。

陣屋の前に着くと人だかりがしている。問屋場の人足たちが何人かの男たちに暴行を加えていた。市村が彼らの中に割って入ろうとしているのだが、人足たちの勢いが凄まじく中に入れず、

「やめろ」

と、声をかけるばかりである。

ともかく、騒ぎを鎮めようと佐川は争いの真っただ中に飛び込む。手当たり次第に人足たちの頬を張り、手をねじり上げると隙間が生じた。

彼らの暴行相手は五人で一人は少年であった。

「佐川さま、止めねえでくださいよ」

人馬指の権次郎がむきになって言い立てた。

「寄ってたかって殴りつけるのを見過ごしにはできぬな」

佐川は五人を背後に庇った。

「お言葉ですがね、そいつら無宿人ですぜ」

権次郎は言い立てた。

ちらっと佐川は振り返った後、

「ならば、勘定所に引き渡せばよかろう。何も手荒な真似をする必要はない」

佐川は市村を促した。

市村は五人を連れ出した。

「旦那、無宿人どもはですよ、悪さをしやがるんだ。こいつらのお陰で内藤新宿がお上《かみ》から目をつけられたらたまったもんじゃねえ」

権次郎は言い返した。

「しかし、あの者たちが悪さをしたわけではあるまい」

諭すように佐川は言ったが、

「しでかしてからでは遅いんですよ。いや、あっしらが知らねえだけで盗みのひとつや二つはやっていますよ」

権次郎は決めつけた。

人足たちも、

「そうだ」

「こいつら悪さをしているに決まっているさ」

などとここぞとばかりに言い立てる。

それを受けて、

「痛い目に遭わせて、見せしめにしてやらなきゃいけないんですよ」

権次郎は言い立てた。

「無宿人をどうするかは、おまえたちが決めるんじゃねえぜ」

声を大きくして佐川は言い募った。

「そりゃそうですがね。これまで、宿場内での揉め事はわしらが治めてきたんだ。そのことは佐川の旦那だってご存じのはずだ。こいつら五人について、市村さまがあっしら問屋場の者が得心のいかねえ対応をしなさるんなら、承知できませんからね」

権次郎は佐川を睨んだ。

「繰り返すぞ、あとは市村氏に任せればいいんだ」

佐川が言葉を重ねると権次郎は何か文句を言いたそうだったが、

「わかりましたよ」

と、人足たちに顎をしゃくった。

次いで去り際に、

「市村さま、無宿人は佐渡金山送りですよね。しっかり頼みますよ」

念押しをするように声を大きくしてから引き揚げていった。権次郎たちが去ってから陣屋に足を踏み入れた。

土間に五人は正座をさせられていた。

市村は彼らの前に立ち、帳面と筆を持って素性を確かめている。彼らは甲斐国《かいのくに》の農村から逃散してきたようだ。少年は父親と二人でやって来たのだった。

みな、憔悴《しょうすい》しきっている。

垢《あか》と泥にまみれた着物、月代《さかやき》や無精髭の手入れなどしているはずもなかった。みな、うなだれ発する言葉に力はない。彼らの村は嵐によって山崩れが起き農地や身内を失ったのだそうだ。

残った家族のために江戸で稼ぎ、銭を蓄えて帰ろうと思ってやって来たのだそうだ。

ここで市村が、

「すみません。ちょっと、見張っていてください」

と、佐川に頼んだ。

「どうした」

佐川が問い返すと、

「連中、空腹の極みにあるようなのです」

市村は佐川に耳打ちをした。

なるほど、彼らの憔悴ぶりを見ればよくわかる。それを物語るかのように子供の腹の虫が鳴った。

「富士見に行って、握り飯を届けてもらいます」

市村が言うと、

「よい、おれが行く」

佐川は市村の返事を待つことなく表に飛び出した。

人足たちがたむろしている。

「まだ帰らんのか」

不愉快な顔で佐川は言った。

人足たちは不満そうに立っていたが、

「そら、早く去れ」

二人の襟首を摑むと引きずった。

「わかりましたよ」

すごすごと人足たちは引き上げた。

七

佐川は富士見にやって来た。

「いらっしゃいまし」

いつもの明るい声でお恵は佐川を迎えた。

「すまぬが握り飯を五人分、勘定所の陣屋に届けてくれ」

佐川が頼むと、

「わかりました」

受け入れたものの、お恵は不審そうである。

「無宿人たちにな、食わせてやろうという市村の気遣いなのだ」

佐川が説明を加える。市村は気配りができ、心根のやさしい男だと付け加えた。

「何やら、騒がしかったですが、無宿人と問屋場のみなさんが揉めていたのですか」

お恵は納得したようだ。

「無宿人の騒動もさることながら、相良氏を殺した者がわからない」

嘆くように言ってから佐川は握り飯の用意を急がせた。

お恵は笑顔で応じてくれた。

勘定所の出張所に戻って程なくしてお恵が握り飯を持って来た。大振りの握り飯が十個、沢庵が添えてある。真っ白な白米と黄色い沢庵がいかにも食欲をそそった。

市村が受け取り、

「さあ、遠慮するな」

と、一人一人の前に大皿を持ってゆき、握り飯を取らせた。みな、遠慮がちで、食べようとはしない。

「遠慮するな」

市村は子供の頭を撫でた。

少年は再び腹の虫が鳴ると横に座る父親を見た。父親がうなずくと少年は夢中になって握り飯を頬張った。

それをきっかけに、他の四人も握り飯を食べ始めた。

夢中で握り飯を平らげると、市村は彼らに告げた。

「拙者から勘定所に届け、そなたらを人足寄場に世話をしようと思う」

その日の夕暮れ、佐川は市村と富士見で顔を合わせた。佐川は酒を飲んだが市村は口にしなかった。

佐川が藤吉郎に会って来た話をした。

「確かに荻生一座の軽業は見ものであったな。あれなら、何度も足を運びたくなる」

佐川が評すると、

「そうですよね」

市村も諸手《もろて》を挙げて賛同した。

「だから、相良が何度も足を運んだというのはわかるのだが、果たして他に何か理由がなかったのか」

改めて佐川は疑問を投げかけた。

市村が、

「となりますと、相良殿は荻生一座の誰かに用があったのでしょうか」

「紅螢にぞっこんになったのかもな」

と、冗談めかした物言いをしたが、

「どうでしょうか」

市村は判断に迷った。

お恵が酒と肴を持って来た。

湯豆腐に谷中生姜《やなかしょうが》だ。谷中生姜には酢味噌が添えてある。

「こりゃ、美味そうだ」

佐川は相好《そうごう》を崩した。

ここでお恵が、

「無宿人の中には子供もいましたね」

と、心配そうに言った。

「親子で甲州からやって来た……」

市村の言葉に力が入らないのは彼らを佐渡金山に送れ、と須藤から命じられたからだろう。

「みなさん、どうなるのですか。宿場の噂ですと佐渡金山に送られるとか」

お恵は五人の身を案じた。

「石川島の人足寄場に入れて、手に職を付けさせたい」

わたしはそうしたいのだが、と市村は言い添えた。

「そうですよ。佐渡金山なんて」

お恵も反対だと言い立てた。

すると、

「大変ですぜ」

権次郎が入って来た。

「暗闇《くらやみ》稲荷で餓鬼《がき》の亡骸《なきがら》が見つかったんですよ！」

権次郎は怒鳴るように報告した。

「なんだと」

市村は立ち上がった。

「すぐに来てくださいよ」

権次郎に頼まれるまでもなく佐川と市村は立ち上がった。

佐川と市村は暗闇稲荷にやって来た。

その二つ名の通り、境内には鬱蒼《うっそう》とした雑木林があり、昼間でも薄暗い。それゆえ、暗闇稲荷という二つ名がついている。雑木林には蝮《まむし》が生息しており、子供たちが足を踏み入れることがないように侵入禁止の高札が立てかけられている。

境内の賽銭箱《さいせんばこ》の前に少女の亡骸が横たわっていた。

野次馬が遠巻きにしている。

少女は首を絞められていた。紫色に腫れ上がった面相は憐れであり、無残だ。こんな目に遭わせた下手人への憎悪がかき立てられる。

市村が亡骸を検《あらた》め、首を捻った。

「どうした」

佐川が問いかけると、

「見かけないんですよ。内藤新宿の住人ではありませんね」

市村は佐川を見返した。

「親に連れられてやって来たのだろうな。たとえば、花園神社の見世物を見物に来たのかもしれん。そのうちにはぐれてしまったのか、かどわかされたのか」

佐川の推量を受け、

「おそらくは、そんなところでしょうね」

市村も同じ考えだと述べ立てた。

「となりますと、親が探しているかもしれませんね」

市村は言った。

佐川が、

「親を探せ」

「わかりました。問屋場の連中の手助けを借りて探しますよ」

市村は暗闇稲荷を飛び出していった。


市村と問屋場の人足たちは花園神社を中心に大声で触れ回った。七つか八つの女の子が迷子になっている、おとっつぁんかおっかさん、と呼びかけた。

夕暮れ近くまで触れ回ったが少女の両親だと名乗り出る者はいなかった。


佐川は陣屋で待っていたが、両親が見つかったという報せは届かなかった。

市村が、

「見つからないんですよ」

と、困り顔で帰って来た。

「すると、あの子は親に連れて来られたのではないのか」

佐川の疑問は市村も同様で、なんとも判断がつかない様子である。

「勘定所に要請して内藤新宿界隈《かいわい》に聞き込みの輪を広げてみようと存じます」

市村は言った。

「幼子が一人で内藤新宿に来たのか。あり得なくはないが、あるとしても、そう遠くに住まいがあるわけではないだろう。明日には見つかるのではないか」

いささか楽観的な見通しとは思ったが佐川としてはどうすることもできない。名前も知らない幼子の冥福を祈ることしかできなかった。

第三章　入れ札騒動

一

葉月二十七日、平九郎は入れ札の準備に勤《いそ》しんでいた。

秋月を訪ね、鈴木が入れ札に非協力的なこと、内藤新宿で入れ札に参加してくれる商人を見つけたことを話した。

「ですから、大変だと申し上げたでしょう」

秋月は他人事のような物言いである。

平九郎は秋月の額を小突いた。

「すみません。で、まず手始めに酒問屋を見つけることを引き受けたのですね」

「しょうがないだろう。鈴木殿にその気がなければ、こっちでやるしかない。今は新《しん》川《かわ》の酒問屋千成屋《せんなりや》から仕入れているのだったな」

平九郎が確かめると、

「そうですよ。腰の低い熱心な商人で、われわれにもおこぼれを」

秋月はうれしそうな顔をした。

「ほう、そうなのか」

今度は平九郎がにんまりとした。

「どうしたのです」

「いや、酒問屋といっても多いだろう。聞くところによると、上方《かみがた》から江戸に下ってくる酒は年に五百万樽だそうだぞ」

「五百万樽……」

秋月は口をあんぐりとさせた。

清酒は諸白《もろはく》と称され上方の造り酒屋で醸造されるものが圧倒的な人気である。特に摂津《せっつ》の灘《なだ》や池田《いけだ》産の清酒は珍重《ちんちょう》された。樽廻船《たるかいせん》に積載されて江戸に運ばれるまでに酒樽の香りが染み、酒にまろやかな風味が加わることも江戸っ子の舌を喜ばせた。運送中、酒が美味くなることがわかると江戸に送っても江戸では下ろさず、積んだまま大坂《おおさか》に戻る酒もあった。

上方では富士山《ふじさん》を二回見ることから、「富士見酒」と呼んで歓迎している。江戸市中の居酒屋で売られる値段は、一合当たり上方から下ってくる極上酒が三十二文、上酒が二十四文から二十八文、関東地回りの酒は十二文だった。つまり、関東地回りの酒の倍以上の値でありながら上方の清酒は江戸っ子に好まれた。

舌の奢《おご》った江戸っ子ゆえか、宵越《よいご》しの銭は持たないという生活習慣がそうさせているのかもしれない。

「加えて関東地回りの酒を扱う酒問屋もいるのだ。おれ一人で回れるかな」

思わせぶりに平九郎はため息を吐いた。

「椿殿が引き受けられたのでしょう。内藤新宿で入れ札に参加する酒問屋を見つけたのではありませぬか」

秋月は警戒心を抱いたのか声が小さくなった。

「内藤新宿の酒問屋を加え、入れ札には五軒は欲しい……」

平九郎は思わせぶりに微笑みかけた。

「まさか、一緒に回れと」

秋月は、わたしは無理ですよ、と首を左右に振った。

「そう、つれない態度をとるな」

「わたしだって御役目が……」

「なあ、頼む、この通りだ」

平九郎は拝み倒した。

「ああ、そうだ、横手誉《よこてほまれ》を中屋敷で醸造しているのですから、藩邸の酒は横手誉だけで賄《まかな》えばよいではありませんか」

秋月は言った。

「それも考えたのだが、横手誉は大内家の者が飲むには高価に過ぎる」

「品質を落とせばいいでしょう」

「それはできない。江戸で拡販をしているのだからな。看板を穢すようなことはできない。だから、横手誉では賄えないのだ」

これは盛清の厳命でもあった。

「ならば、酒問屋に関しましては横手誉の拡販との兼ね合いで選定をする、ということでいかがですか」

秋月の提案を受け、

「そうだな……そうしようか。となると……」

平九郎は考え直した。

平九郎と秋月は新川にやって来た。二人とも紺地の小袖を着流し、菅笠《すげがさ》という身軽な格好だ。

霊岸島新堀《れいがんじましんぼり》近くには藩邸出入りの千成屋をはじめ酒問屋が軒《のき》を連ねている。酒樽を積んだ大八車《だいはちぐるま》が行き交い、うかうかすると轢《ひ》かれそうだ。

「あそこが、千成屋ですよ」

秋月は問屋の一軒を指差した。間口五間ほどのどちらかというと小ぢんまりとした店である。酒樽を積んだ大八車が店先に横付けにされ、紺地暖簾が春風にはためいていた。

平九郎は足を向けるべきかどうか迷った。値下げ要求でもしてみるかとも思う。しかし、それではいつまでたっても癒着は断ち切れまい。

「ならば、二人で手分けして問屋を訪ねるとしようか」

平九郎は菅笠を上げた。秋月はやれやれと周囲を見回した。二人が歩き出そうとした時、

「おや、秋月さまではございませんか」

と、若い男の声がした。目を向けると、黒紋付に千成屋の前掛けをした男が立って

いる。

「おお、三蔵《さんぞう》」

秋月は頬を綻《ほころ》ばせた。

「今日は何か御用でございますか」

三蔵は愛想よく声をかけてきた。

「まあ、その、なんだ。今日は非番なのでな……。そうだ、留守居役の椿平九郎殿だ。虎退治の椿殿だぞ」

秋月は返答に困って平九郎に話題を向けた。行きがかり上、挨拶をしないわけにはいかなくなった。菅笠を取り軽くうなずいたところで、

「ほう、こちらが虎退治の……ご高名はよく存じております。手前、千成屋の主で三蔵と申します」

主と聞いて思いの外《ほか》若い男なのに驚いた。

「椿殿は留守居役ゆえ様々な料理屋で色んな酒を飲んでおられる」

秋月が平九郎を評すると、

「それは、それは」

三蔵は腰を折ってから、「こんな所ではなんですから」と店に寄ってくれるよう頼

んできた。

「さあ、さあ」

三蔵は秋月と一緒に千成屋の暖簾を潜《くぐ》った。仕方なく平九郎も続いた。土間を隔てて小上がりになった板敷きの店が広がっている。手代や小僧たちから一斉に、

「いらっしゃいませ」

と、元気の良い声がかけられた。耳に心地よい響きだ。

三蔵の案内で通り土間を奥に向かった。店を突っ切り裏庭に出ると、土蔵の前で忙しげに立ち働く男たちの熱気が伝わってきた。みな着物を諸肌《もろはだ》脱ぎにし、赤銅色《しゃくどういろ》に日焼けした身体で酒樽を運んでいる。

「繁盛しておるなあ」

平九郎の口から自然と賞賛の言葉が漏れた。

「いえ、まだまだでございます」

三蔵は頭を振った。

「謙遜することはない」

「とんでもございません」

母屋の玄関に導かれた。玄関を上がり、廊下を歩いて座敷に入った。掃除の行き届

いた部屋だ。この部屋ばかりではない。母屋は地味な造りながら清潔感が漂っている。三蔵自身も身形にかまわないらしく、裾の糸がほつれた小袖を平気で着ている。小袖自体も地味な絣《かすり》木綿だった。身形といい、暮らしぶりには金をかけている様子はない。

三蔵は前掛けを脱ぎ両手をついた。

「そなた、若いが歳はいくつだ」

平九郎は三蔵という男に興味を持った。

「二十三歳の若輩者《じゃくはいもの》にございます」

「ほう、若いのに大したものだ」

「親父が昨年、亡くなりまして跡を継いだのでございます。わたくしで三代目、よく、三代目で店を潰すなどと申しますので、そうならないよう懸命に働いております」

三蔵の物言いには偉ぶったところも媚《こ》びるところも感じられなかった。あるのは、商人としての真摯《しんし》な姿勢である。

「おまえなら、店を傾けるようなことはあるまい」

つい、平九郎の方が世辞めいたことを口にしてしまった。

「椿さまも仕官早々に殿さまの御側近くにお仕えとはご信頼のほどがわかります」

女中が茶を運んで来た。

「さ、どうぞ」

勧められた茶碗には茶ではなく酒が入っていた。予想していたことだが、

「大内さまに納めさせていただいておりますお酒でございます」

三蔵は屈託《くったく》のない表情である。秋月が平九郎の様子を窺ってきた。平九郎は藩邸に納入されている酒の味を知らないでは、役目を果たせないと自分に言い聞かせ茶碗を手に取った。秋月も安心したように茶碗を持った。鼻に近づける。芳醇《ほうじゅん》な香りがした。口に含んだ。さらりとした舌触りだ。

「うむ、うまい」

すっと喉に酒が入った。

「ありがとうございます」

三蔵はうれしそうに微笑んだ。

「上方の酒か」

「伏見《ふしみ》の蔵元から取り寄せております。木津桜《きづざくら》と申します」

「いやあ、うまい」

秋月は平九郎が千成屋のことを認めたのだと思ったのか、心の底から素直な感想を漏らした。

「秋月さまにはいつもお世話になっております」

　平九郎は居住まいを正して語りかけた。

「ところで、千成屋。ちと、話がある」

　三蔵は身構えた。

　三蔵の商売熱心さなら、本音をぶつけるべきだ。

「実はな、御家の台所が厳しき折、そなたら商人への支払い、大きな負担となっている。いや、なにも、そなたら商人が不当に暴利を貪っているとは申さないし、考えてもいない」

　ここで言葉を区切った。

　三蔵は両手を膝の上に乗せ黙って聞いている。

「千成屋とは三代にわたる付き合いをしておる、暴利を貪るなどするはずはない、なあ、三蔵」

　横から秋月が三蔵を気遣うように口を挟んだ。三蔵は無言でうなずく。

「もう一度言う。暴利を貪っておるとは考えていない。だが、出費を抑制しなければならないのも事実。そこで、今後は入れ札を行おうと思う」

「入れ札でございますか」

三蔵はうなずきながら視線を彷徨《さまよ》わせた。

「そうしたいと思う」

威圧するのではなく穏やかな口調で提案した。

三蔵は思いを巡らすように視線を泳がせた。

「よい心持ちはしないであろうが、承知してもらいたい」

平九郎は軽く頭を下げた。すると、三蔵はあわてて手を振り、

「そのようなことはなさらないでください」

と、平九郎に頭を上げさせてから、

「入れ札を行うにしても単に値だけを基準にしてよいものかということです」

「と言うと？」

「酒というものは様々です」

「上方からの下《くだ》り酒もあれば関八州《かんはっしゅう》で造られる地回りの酒もある。もちろん、わたしだってなんの条件も設けずに入れ札を行うつもりはない」

平九郎は安心させるように微笑んだ。ところが三蔵の顔は一向に晴れることなく、

「わたしが心配なのは、酒には人それぞれに好みというものがあるということです」

「好み、なるほどな」

「味わいといいますか」

「質を大事にしなくてはならんということか」

「そのようにお考えくだされば幸いです」

その言葉の裏には三代にわたって横手藩邸に酒を納めてきたという自信が感じ取れた。

「わかった。となれば、入れ札の当日には酒を持参してもらおう。値と共に酒の味わいも条件とする。これでどうだ」

「それはよろしゅうござる」

秋月も満足そうだった。

平九郎と秋月はそれから新川の酒問屋を回り、入れ札に加わる問屋として四軒を選定した。

「なんだか、酒問屋を回っていたら酒が飲みたくなったなあ」

平九郎が言うと、

「まったくです」

秋月も素直に応じた。

「一杯やっていくか」

平九郎の申し出に秋月が反対することはなかった。二人はどこか適当な店をと南《みなみ》伝馬町《てんまちょう》を歩き、縄暖簾を見つけた。

平九郎は暖簾を潜った。秋月も笑顔を浮かべている。二人は大刀を鞘《さや》ごと抜くと入れ込みの座敷に上がった。まだ、暮れ六つには早いとあって客は行商人風の町人たちがちらほらいるだけだ。

「酒、めざし、奴」

平九郎は頼んでおいてから、「で、いいな」と秋月に確認した。秋月は反射的に首を縦に振る。

「そう言えば、椿殿と外で酒を酌み交わすのは久しぶりですな」

秋月は頬を綻ばせた。

「そうだったな」

平九郎は酒が来るのが待ち遠しいように首を伸ばした。すぐに、頼んだものが来た。

「さあ、まずは、一献《いっこん》」

平九郎はちろりを持ち上げた。秋月はこくりと頭を下げて猪口《ちょこ》を差し出した。

「入れ札、うまくいくといいですね」

「絶対に成功させるさ」

平九郎も猪口を面前に捧げた。

「それにしましても、椿殿は大したものですな」

「なんだ、唐突に」

平九郎は猪口からぐびりとあおった。

「思い切ったことをなさる」

「わたしには、妙なしがらみというものがない、こういうことにはうってつけ。矢代殿もきっとそんなところに期待を寄せられたのであろう」

「そうでしょうが、中々できることではありませんよ」

「秋月殿も色々とやりたいことがあろう」

「わたしですか、わたしなんぞは」

秋月は猪口に視線を落とした。

「思いきってやったらいいのだ」

酔いが回り、口が軽くなって平九郎はちろりを差し出した。

「わたしなんぞは駄目ですよ。まあ、望みと言えば……馬廻り役に戻りたいのですがね」

秋月はしんみりとなって言った。

これ以上酒は勧めない方がいいと思い、ちろりを置いた。しかし、秋月は勢いがついたのか手酌で飲み出した。飲むうちに愚痴《ぐち》が激しくなった。

「わかった、貴殿の気持ちはよくわかる」

平九郎はもっぱら宥め役に徹しざるを得なかった。

二

翌朝、平九郎は鈴木を訪ねた。

「来たるべき酒の入れ札についてでございますが」

平九郎が切り出したところで、

「入れ札、実施することになったのですかな」

鈴木は今日もすっとぼけた顔をした。平九郎は乗せられることもなく、

「わたしが入れ札に参加する酒問屋を見つけてまいりました」

何軒かの酒問屋を記した書付を示した。鈴木はいかにもめんどくさそうに取り上げ、しげしげと眺めた。

「いかがでござる」

平九郎が突っ込むと、

「よく見つけてこられましたな……新川にまで足を伸ばされたか」

鈴木は感心したように目をぱちぱちと開いたり閉じたりした。

「言い出したのはわたしですから」

「さすがは、椿殿」

鈴木の心にもない世辞を受け流し、

「それで、次回の酒購入に際しては是非ともこれらの酒問屋を呼び、入れ札を行いたいと存じます」

「承知つかまつった」

さすがに鈴木も反対はしなかった。

俄然《がぜん》、やる気になった平九郎は続けた。

「入れ札に際しては、扱う物が酒ですので、単に値の安い物を選ぶというわけにはまいらないだろうと存じます」

この提案にも鈴木は首を縦に振った。

「そこで、入れ札当日は酒の試飲も行おうと存じます」

鈴木は満面の笑みを浮かべ、

「それは、良きお考えじゃ」

「そうでありましょう。ですから、鈴木殿には是非当日はお立会いを……いえ、入れ札を取り仕切っていただきたくお願い申し上げます」

平九郎は丁寧に言い添えた。

「拙者なんぞ、酒はたしなむ程度で味わいなどわからぬ無粋者《ぶすいもの》じゃが」

謙遜しながらも鈴木は舌舐めずりせんばかりの顔つきだ。

「では、よろしくお願い申し上げます」

平九郎は腰を上げた。


その足で矢代を訪ねた。

矢代は弓場だそうだ。

盛義の弓の稽古に従っているという。

盛義は片肌脱ぎになって弓を射ると、ひと段落したところで御殿の縁側に腰を落ち着けた。盛義は平九郎の顔を見るなり弓を放り投げてきた。

「平九郎、弓を射てみよ」

断ることはできない。

弓は国許で剣術ほどではないが武芸の一環として学んだ。精進の甲斐があり、剣術同様に城下でも評判の腕となった。

だが、弓を持たなくなって久しい。果たして的《まと》を射ることができるか、と危ぶみながら弓に矢を番《つが》え、的を見据えた。野鳥の囀《さえず》りが庭を覆っている。爽やかな風が吹き抜け、青空に燕《つばめ》が飛んでゆく。

平九郎は矢を射た。矢は吸い込まれるように的に命中した。

盛義から、

「十本射よ」

命ぜられるまま矢を射た。十本中七本は的に命中させたが三本は外してしまった。

「申し訳ございません。修練を怠《おこた》っております」

平九郎は庭で片膝をついた。

「平九郎は弓も達者であるな」

盛義は上機嫌である。

矢代が目で用向きを問いかけてきた。丁度いい、盛義にも入れ札の件は聞いてもらえる。

「入れ札についてご報告にあがりました」

「うむ」

矢代がうなずくと、盛義は小姓に汗を拭わせると着物を着た。関心なさそうで用意されたお茶を飲み、明日の天気を気にかけるかのように空を見上げている。

「入れ札ですが、酒の購入についてまず行いたく存じます」

平九郎は矢代に言った。

それを矢代は受け、

「殿、昨日、お話し致しました出入り商人を入れ札で選ぶ一件でござります」

と、盛義に説明をした。

「うむ」

盛義は平九郎に視線を移した。

「ところで、入れ札を行うにあたりまして、酒の試飲を行いたいと存じます」

試飲に至った経緯を簡単に報告した。矢代は、

「いかがでござりましょう」

と、盛義に判断を求めた。

「よかろう」

いつものように盛義は異を唱えなかった。

次いで、

「それは、面白そうじゃな」

と、珍しく感想めいた意見を述べ立てた。

「新たな試みになると存じます」

入れ札が受け入れられ、平九郎も顔を輝かせた。

すると、盛義がほくそ笑んだ。

「いかがされました」

釣られるように平九郎は問いかけた。

「わしも試飲をするぞ」

盛義は杯を傾ける真似をした。

「殿がですか」

平九郎は矢代と顔を見合わせた。

「ああ、飲むぞ。かまわんではないか。わしも口にする酒じゃ」

当然とばかりの顔である。

「まあ、確かにそうですが」

平九郎は躊躇いがちに賛同した。

矢代も、

「御意《ぎょい》にございます」

と、賛同した。

「久しぶりに楽しみなことができたものだ」

盛義のうれしそうな顔を見ると、入れ札をしてよかったと思える。

すると、

「あ、そうだ。父も誘うか」

と、盛義は独り言のように呟いた。

一瞬にして喜びが消し飛んだ。

「大殿は目下、多忙でおられます。寄場のことで頭が一杯のご様子です。わざわざ、お手を煩わせることは遠慮なさった方がよいと存じます」

平九郎は盛清の関与を避けようとした。矢代も顔と口にこそ出さないが平九郎と同じ気持ちだろう。

「うむ、そうじゃな」

盛義も賛同しかけたが、

「いや、父に黙って酒問屋の選定をすれば、きっとむくれてしまわれるだろう」

盛義の言う通りだ。

「では……」

平九郎も抗《あらが》えない。

「仕方がない。やはり、父にも声をかけよう。但し、父の意見はあくまで参考である。酒問屋の選定に関してはそなたらが決めよ」

頼もしいことを盛義は言ってくれた。ありがたいのだが、盛清のことだ。必ずや自分の好みに合った酒を持参して来た酒問屋に決めてしまうだろう。その結果、かえって値の張る酒が採用されてしまう可能性もある。そうなれば本末転倒だ。一体、なんのために入れ札にしたのかわからない。

その上、横手誉を扱わせるかもしれない。そうなったら、支払いの際、横手藩邸に納めた酒の売値と相殺《そうさい》され、下手をすれば酒問屋の方の支払いが多くなってしまうかもしれない。もちろん、横手誉を引き取らせる量次第であるが、横手誉が売れずに在庫となっては横手藩邸に出入りする利は薄くなる。そうなれば、出入りをしなくなるかもしれない。

横手誉を扱わせることは絶対に避けなければならない。

——これは、まずい——

平九郎は自分が蒔いた種が思わぬ花を咲かせるかもしれないと危ぶんだ。そんな平九郎の心配を他所に、

「平九郎、楽しみじゃ」

盛義は何度も繰り返した。

「平九郎にお任せください」

言葉に力を込められなかった。


「しくじった」

平九郎は秋月に言葉を投げた。

「どうしたのです」

秋月は二日酔いなのかいつものぼうっとした顔が一層際立っている。

「藪蛇になるかもしれん」

平九郎は盛清が試飲すると言い出した経緯を話した。

「なるほど、これは下手をすれば酒の品評会ですな」

「そなたは、いつも暢気《のんき》だなあ。羨ましいよ」

「いつもではありません。昨日はいささか過ごしましたもので」

秋月は言っている側から大きなあくびをした。酒臭い息を手で払い除け、

「このままでは、入れ札ではなく品評会になってしまう」

「しからば、どうでしょう。値の上限を設けるのです」

秋月は二日酔いを気にしてか申し訳なさそうに言うと、平九郎が両目を大きく開いたものだから、

「あ、いえ、その」

秋月はしどろもどろになってしまった。

「いや、それは良い考えだ。上限を設ける。そうすれば、めったやたらと良い酒を持って来ることはない。その値の範囲内でということになる」

平九郎は手を打った。

「ですよね」

秋月も平九郎が納得してくれたことでほっとしたようにうなずいた。

「よし、しからば」

平九郎は胸を叩くと御用方へ足を向けた。

三

入れ札当日となった。葉月末日の昼下がりのことだ。

御殿に面した庭に酒問屋たちが顔を揃えた。もちろん、三蔵や内藤新宿から参加する甲州屋《こうしゅうや》もいる。みな、手代と思しき男たちを連れ、大八車に一斗樽を積んでいた。

庭には縁台が設けられ、そこには御用方頭鈴木金右衛門、御用方役秋月慶五郎、平九郎の他に家老矢代清蔵が居並んだ。

台には畳が敷かれ、座布団が置かれている。

盛清と盛義はあくまで顧問的立場である。そのため、御殿の大広間から入れ札の模様を眺め、口は出さずあくまで酒を味わうだけ、という取り決めになってはいる。盛清は意見を差し挟まないと約束してくれたが、何事にも口出しせずにはいられない性分であり、ましてや酒が入れば舌鋒鋭く意見を通そうとするだろう。

盛清の好みと入れ札の結果が合致することを平九郎は心の底から願った。

周囲に紅白の天幕が張り巡らされ、仰々《ぎょうぎょう》しい雰囲気を醸《かも》し出していた。

「みな、本日はご苦労である」

鈴木が声をかけた。

「わたくしども、持参致しました酒を大内のお殿さまにお飲みいただくことは望外の喜びでございます」

商人を代表して千成屋三蔵が挨拶した。

「うむ、みなも暖簾にかけて自慢の酒を持って来てくれたことと思う」

鈴木は酒樽を見回した。舌舐めずりせんばかりの者たちはみなうつむき加減ながら笑みを浮かべている。

「みなには報せてあったが、本日持って来てもらったのには一斗十両以内という制限を設けておる」

鈴木は確認するように三蔵を見た。三蔵は、

「みな、心得ております」

「では、われらで酒を賞味し、その方たちが持参した値を入れ札させ、その総合で出入りの商人を決めるものとする。決められた商人は今後一年間の出入りを許すものである。そして、来年の今頃に改めて入れ札と試飲を行う」

鈴木はのっぺりした顔に不似合いなほどの気合いのこもった声音である。様々な酒が飲めるということで気分が高揚しているようだ。

「承知いたしました」

酒問屋たちは声を揃えた。

女中たちが杯を運んで来た。鈴木は待ち遠しいように舌をもごもごと動かしている。

「飲み過ぎるなよ」

平九郎は横に座る秋月の脇腹を肘で打った。秋月は苦笑を漏らした。

「では、桔梗屋《ききょうや》」

鈴木から桔梗屋と呼ばれた問屋が持参した酒樽から一合枡《ます》に柄杓《ひしゃく》で酒が注がれた。

それを盆に載せ、まずは矢代に運ばれた。矢代は一口つけ、味わうようにしていたがやがて残りを一息に飲み干した。みなの視線が集まった。矢代は表情を変えず、感想を漏らすこともなかった。

次に、平九郎たちの前に運ばれて来た。

「さあて」

鈴木は目を細めた。

「試飲を致しますか」

もっともらしい顔で秋月が一合枡を持ち上げた。

「よし、いくぞ」

平九郎も飲んだ。

途端に、うまいと思った。

「どちらの酒だ」

鈴木が訊いた。

「摂津の灘でございます」

桔梗屋が答えた。

鈴木は味わうように飲み干すともう一杯お代わりをしたそうであったが、一通り飲み通すまでは酔っ払うわけにはいかないと思ったのか我慢した。それは平九郎も同じことである。

「次、甲州屋」

と、鈴木が呼んだ。今度もまずは矢代の前に運ばれた。甲州屋は摂津国池田の酒を持参していた。

すると、

「おやっ」

平九郎は思わず口から漏らした。

「いかがされました」

秋月は一口つけただけで、酔っ払うことを警戒しているのか飲み干してはいない。

「女中が酒を運んでいるが」

平九郎はいぶかしんだ。

「ああ、奥向きにではございませんかな」

「奥か、どなたか、お酒を召し上がるのか」

秋月は扇子で口を隠し、

「奥方さまです」

平九郎は桜の木の下で見た野点の様子を思い出した。

「奥方さまはお酒がお好きなのか」

平九郎は呟くように訊いた。

「まあ、そのような噂が」

秋月は口ごもった。

そうこうするうちに三蔵の番となった。三蔵はおごそかな顔つきで柄杓で酒を一合枡に注ぐ。矢代に運ばれ、続いて平九郎たちの前にも運ばれた。

「手前はこれまでに納めさせていただいております伏見の酒木津桜でございます」

三蔵は落ち着いた口調である。

「ふむ、大儀」

鈴木が言った。三蔵は静かにうなずく。

みなが飲み干したのを確認してから、

「以上で試飲は終わった。では、入れ札を行う」

鈴木は木箱を指し示した。酒問屋たちはおごそかな顔をした。みな、書付を木箱に投函《とうかん》した。

「よし、しばし待て」

鈴木は秋月を見た。秋月はほんのりと赤らんだ顔で立ち上がり、木箱を持った。よろよろとしながら木箱を御殿の濡れ縁に置いた。酒問屋たちは番小屋で待機するよう命じられた。

「では、木箱を開ける」

鈴木は仰々しい所作で鍵を取り、南京錠《なんきんじょう》を開けた。

「読み上げる」

鈴木は入れ札の値を読み上げた。

値は千成屋が最も安く九両二分、内藤新宿の甲州屋が九両三分、他は揃って九両と二分一朱と明示されていた。平九郎たちは濡れ縁に行き大広間を見上げた。

「入れ札では千成屋が最も安い値を示しております」

鈴木が盛清と盛義に言上《ごんじょう》した。

盛清と盛義は鷹揚にうなずいた。盛義は目元をほんのりと赤く染めているのに対し、盛清は目が厳しく凝らされていた。何か口出しをするのは必定だ。

「さてと」

矢代は酒問屋たちを見回した。

「入れ札は千成屋である」

矢代は淡々と告げた。

すると、平九郎の危惧が現実となった。

「わしは桔梗屋の灘の酒がうまかった」

大広間から盛清が声をかけた。

あくまで自分の好みを言ったつもりなのだろうが、大殿の発言は重い。

三蔵と接し、その人柄、商人としての力量を知っただけに肩入れしたいところだが、私情を挟んでは入れ札の意味がない。

「大殿の仰《おお》せ、ごもっともですが、入れ札の値もございますし、商人選定は公平を期すべきと存じます」

平九郎が盛清の意見を牽制《けんせい》した。

すると盛清が、

「何も値だけで決めることはない。安かろうまずかろうではな……殿はいかに思う」

と、盛義に意見を求めた。

「はあ……わしは御用方が決めた酒問屋を支持致します」

これが盛義に言える精一杯のことだろう。

「拙者、大殿がおっしゃったように値だけではなく味にも重点を置くべきと存じます」

鈴木が言った。

「それは、そうですが」

平九郎は口ごもった。

盛清が立ち上がった。

さては、自分の意見を通そうとするのか、と平九郎は身構えた。ところが意外にも、

「わしは下がる。そなたらで公正に決めよ」

と、入れ札の場から立ち去った。

平九郎はほっと安堵し、

「値と味を加味すれば」

と、意見を述べようとした時、小者《こもの》が小走りに近寄り鈴木に耳打ちした。鈴木は深くうなずくと、

「やはり、ここは入れ札の値を考え千成屋としたいと存じます」

と、しゃきっとした顔で告げた。

何事が起こったのかと平九郎は口をあんぐりとさせたが、

「よろしいでしょうか」

鈴木は一同を見回した。

「異存なし」

矢代が立ち上がり、

「まこと、千成屋は良い酒を納める」

秋月も賛同した。

「では、千成屋と決定致します」

鈴木は晴れ晴れとした顔で宣告した。

平九郎に出る幕はなかった。

入れ札の後、平九郎は盛清に呼ばれ、御殿の書院で相対した。

「酒問屋、いかがなった」

盛清は脇息に身を持たせかけた。

「千成屋に決まりましてございます」

盛清はうなずいただけで良いとも悪いとも言わない。ただ、平九郎の曇った顔を見て、

「どうした。不満なのか」

「いえ、不満はありませぬ」

事実、千成屋で決まってよかったとも思う。三蔵の商売熱心さを思えば、他の問屋に決まらなくてよかったと、安堵の気持ちにもなった。ただ、内藤新宿から参加してくれた甲州屋には気の毒なことをした。内藤新宿で横手藩大内家の悪い評判が流れなければよいが。

いや、くよくよ考えても仕方がない。落札《らくさつ》できなかった商人を慮っていては入れ札の意味がない。

「清正らしくはないな。思うところがあるのなら申してみよ」

「鈴木殿の素振りが気になりました」

「鈴木がいかがした」

「どの酒問屋にするか、決定しようとした時に、鈴木殿は小者から耳打ちされました。そして、書付を見て千成屋とおっしゃったのです。するとそれがきっかけとなって一同は一も二もなく千成屋と賛同なさいました。耳打ちが影響したとしか思えません」

盛清は何も言わないが察しがついているようだ。どこか達観した表情である。

「おそらくは奥向きからの使いと存じます」

「雪乃か」

苦々しい顔で盛清は呟いた。

やはり、そうか。酒は奥にも運ばれた。秋月の話によると雪乃が試飲するという。

耳打ちは雪乃の意思を示すものであったろう。

「今回のことは千成屋でよろしいのですが、今後のことを考えますと」

「雪乃のお気に入りの商人が今後も出入りするということか。それで、なんとする」

「まずは、じっくり考えます」

「頼りないのお」

盛清は顔をしかめた。

これから、厳しい小言が始まると覚悟をしたが、

「わしは寄場のことで頭が一杯じゃ。出入り商人選びにまで手が回らぬ。清正、しっかりやれ。盛義は雪乃の尻に敷かれておる。おまえが、雪乃に振り回されることなく、主導するのだ」

盛清は釘を刺すように命じた。

平九郎は妙案が浮かばないまま辞去した。

四

酒の入れ札の後、醤油、油、畳の入れ札を行った。みな、現在出入りしている商人が落札した。入れ札のたびに鈴木の元へ奥向きから使いが来た。その使いを待ち、商人が決められた。幸い、落札価格はいずれも最低価格を以て決定された。出費の削減になっているのだから、一見して平九郎の企《くわだ》ては成功のようである。

ところが、割り切れない。いずれも奥向きの意向、すなわち雪乃の意向が色濃く反映されているのだ。

それに、商人たちが談合していることは見え見えだった。出入りの商人が落札するよう、前もって値を調整しているようにしか思えない落札価格だった。出入り商人は最低の値と雪乃の後押しによってこれまで通りの商いを続けているわけだ。

　これでは、大幅な削減、矢代に約束した二千両の削減を達成することなどできそうにない。

　更に、大きな悩みの種が持ち上がった。

　呉服問屋である。出入りの呉服問屋は日本橋の平戸屋《ひらどや》だった。呉服に要する費用がばかにならない。年間に五百三十両もの大金が費やされているのだ。

　だが、呉服問屋に手をつけることは雪乃と正面から対決することになる。そのためであろう。鈴木に呉服問屋の入れ札の話をすると、激しい抵抗を示した。呉服問屋だけは入れ札を行わないと頑《がん》として譲らないのだ。

　例外を認めるわけにはいかない。

　曲がりなりにも、入れ札が軌道《きどう》に乗りかけているのだ。

「呉服に手をつけぬわけにはまいらん」

　平九郎は決意を示すように秋月に言った。

「それはあまりに……」

　秋月は顔を蒼ざめさせた。

「しかし、これをなんとかせねば、支払いの削減はままならん」

平九郎は目を剝いた。

「ですが、ご承知のごとく呉服は」

「わかっているよ。奥方さまだろ」

「わかっているなら、もう少し慎重になった方がよろしゅうございますぞ」

秋月は宥めようというのか平九郎の肩をぽんぽんと叩いた。

「だがな、今回のお役目を進めていく中で、こんなことを申しては畏れ多いことながら、奥方さまこそが大きな障害となっていることに気付いた」

闘争心が燃え立った。

秋月は困ったように顔をしかめるばかりだ。

「触らぬ神に祟りなし、というわけにはいかん。いいか、今、この藩邸に出入りしている商人どもは、すべてが奥方さまの息がかかっていると言ってもいい。そうなんだ、奥方さまとの対決を避けては商人への支払いの削減などできないのだ」

「それは、しかし……」

秋月は心配顔である。

「まあ、原因が明確であることはかえってやりやすい」

「止めても無駄ですか」

あたり前すぎて返事をするのももどかしく、平九郎はくるりと背を向けた。

「まさか、奥方さまの所へ行かれるのか」

「行くさ。あたり前じゃないか」

「好き勝手に奥向きに足を踏み入れること、かないませんぞ」

「それくらいのことはわかっている」

平九郎は吐き捨てると御殿に消えた。

ここは一歩も引くまい。

御殿の玄関脇にある控えの間で矢代に会った。

「何事じゃ」

矢代は言った。

「奥方さまに面談させてください」

矢代はしばらく考えていたが、

「奥方さまに面談してなんとする」

「無駄遣いをやめていただくようお願い申し上げます」

「なんじゃと……」

矢代は思案をした。

「いけませんか」

「いけませんかではない。奥方さまに意見などできると思うか」

「意見は申せると存じます。わたくしは商人への支払いの削減をするよう命じられているのです」

「奥方さまが妨《さまた》げと申すか」

「そう考えます」

「しかし、そのようなこと」

「御家老とておわかりのはずです」

「何がじゃ」

「惚けられなくても」

「無礼なことを申すな」

「ご無礼申し上げました。ですが、あまりにはっきりとしているではありませんか」

「だから、何がじゃ」

「これまで、様々な入れ札を行ってきました」

「おまえはよくやっておる」

「わたしのことはどうでもいいのです。肝心の入れ札の結果はどうでしょう。みな、これまでの出入り商人が結局は落札しております」

「それは、商人どもの努力であろう」

矢代は皮肉げに口を曲げた。

「商人どもはおそらく、談合をしているのです」

「入れ札の前に談合をしておいて、あらかじめ値を調整し、その上で入れ札に臨む。それで、結局は出入りの商人に取らせる。お互いの領域を侵さないということか」

矢代は淡々としたものだ。

「そうです。その背景には奥方さまのご意向が働いておるものと思います。奥方さまに入れ札への関与をやめていただかない限り、真の入れ札は行われないのです」

平九郎は矢代に真剣な眼差しを向けた。

「そうは言ってもなあ」

矢代が困惑するのは無理もない。雪乃と奥向きは触ってはならない領域なのだろう。

「御家老には迷惑はかけません」

平九郎は身を乗り出した。

矢代は及び腰だ。

「お願い申し上げます。面談させていただくだけでよろしいのです」

矢代は考えあぐねたようだが、結局平九郎に押し切られるように首を縦に振った。

五

平九郎は奥御殿の書院に通された。真新しい畳に贅沢な装飾品に彩られている華やかな座敷である。青磁《せいじ》の香炉《こうろ》が風雅な香りを立ち上らせ、床の間の花入れには水仙《すいせん》が見事に咲き誇っていた。障子が開け放たれ柔らかな日差しが差し込み、涼しい風が吹き込んでくる。駒鳥《こまどり》の鳴き声が庭を彩り、揚羽蝶《あげはちょう》が番《つがい》でのどかに舞っていた。

どれほど待たされたことだろう。

ここで待つよう奥から告げられたのは八つである。もう半時ほども待たされているのだ。

「いかん」

ここで腹を立てては負けだ。込み上がる不満をぐっと飲み下した。それから更に四半時ほどしても雪乃は姿を見せない。今度は不安になった。

――間違ったのではないか――

本日ではなく別の日、あるいは時刻が違う。自分が聞き間違えたのか、間違って伝えられたのか。そんな思いを胸に渦巻かせながら部屋を見回したところで、濡れ縁を伝う足音がした。

「雪乃さまお越しにございます」

年寄が告げた。野点の時、平九郎を叱りつけた女だ。平九郎は背筋を伸ばし、両手をついた。やがて、ふんわりとした空気が漂ったと思うと衣擦れの音がし、上座で着席する気配がした。

「苦しゅうない。面を上げなされ」

優しげで品のある声だ。

「椿平九郎にございます」

平九郎は面を上げた。

間近で見る雪乃は白い肌だが雪というよりは、豆腐のような艶やかさとたおやかさをたたえていた。白い肌だけに漆黒《しっこく》の髪と紅を差したおちょぼ口が色香を引き立て、寸分も隙のない着こなしが大名の正室である品格を伝えてもいた。

「平九郎、そなたの活躍は殿よりたびたび耳にしておりますよ」

雪乃は穏やかな口ぶりである。

「日々精進しております」

平九郎がお辞儀をした時、茶と羊羹《ようかん》が運ばれて来た。

「遠慮せずともよい」

雪乃は平九郎に勧めた。

平九郎は雪乃の威に気圧《けお》されまいと、羊羹を食べ、茶を飲んだ。ちらっと横を見ると、年寄は正面を向いたまま口を真一文字に結んで黙っている。

「本日、わたくしへの用向きとは？」

雪乃は余裕の笑みすら浮かべていた。

「本日は奥方さまへお願いがございましてまいった次第でございます」

平九郎が言うと年寄はぴくんと頰を引き攣らせた。

「なんでしょう」

雪乃は笑みをたたえたままである。

「入れ札への関与、おやめいただきたいのです」

平九郎はずばり切り込んだ。

「無礼なことを申されるな」

たちまち年寄が金切《かなき》り声を上げた。平九郎が視線を向けると雪乃は、

「萩山《はぎやま》、控えよ」

と、やんわりと制した。

「畏れ入ります」

平九郎は笑みをたたえた。

「わたくしが入れ札に関わっておると申すのか」

雪乃は春爛漫のごとき穏やかさだ。

「思っております」

ここで引き下がってなるものかと唇を噛んだ。

「はて、どうしてそのようなことを申すのかのう」

雪乃は戸惑う風に眉根を寄せた。

「入れ札のたびに御用方より奥へ使いが走ります。入れ札の結果は奥からの使いが戻って来て決定されるのです。これ、すなわち、雪乃さまがご指示なさっておられるとしか思えません」

するとまたも萩山が目を吊り上げ、

「椿殿、言葉が過ぎましょう。何を証拠にそのようなことを申される」

「言葉を改めよと申されるならいくらでも改めます。しかし、これは是非ともお願い申し上げたいのです」

「わたくしは入れ札にあたって指図などはしておりませぬ」

雪乃が認めないことに不安と不満が募る。萩山に言われたように証拠がないのだからどうすることもできない。だが、引くわけにはいかない。

「奥方さまはかように仰せです。椿殿、お下がりなされ」

萩山は厳しい声を出した。

「もう一度、お願い申し上げます。雪乃さま、入れ札への関与はおやめください」

平九郎は声を励ましたが、

「椿殿、控えられよ」

萩山の声によって遮られた。すると雪乃は、

「わたくしは入れ札を指図した覚えはありませぬ。しかし、自分の考えは述べておりました」

悪びれることなく雪乃は言った。

「それが、お指図というものです」

平九郎も動ぜず指摘をした。

雪乃はしばらく考えていたが、心当たりがなさそうに小首を傾げるばかりだ。

「入れ札は商人への無用な出費を抑制せんというものです。御家のためなのです。どうか、雪乃さま、お聞き届けください」

平九郎は畳に額をこすりつけた。しばらく沈黙が続いた後、

「わかりました」

雪乃のやわらかな声がした。

「お聞き届けくださいますか」

平九郎は勢いよく顔を上げた。

「そなた、まこと、熱心な男よな。熱いと申しますか……」

雪乃は笑みを浮かべた。

「ありがとうございます」

平九郎はもう一度頭を下げた。

「今後、わたくしは入れ札、商人のことには一切、口を出しません」

雪乃は立ち上がった。時節は違うが春風のようなたおやかな香りが漂った。誠心誠意を尽くせば、必ず理解が得られるのだ。

「重ねて御礼申し上げます」

言いようのない喜びが胸一杯に広がった。

六

だが、平九郎の喜びは数日のうちに雲散霧消《うんさんむしょう》した。

矢代から呼びつけられた。御殿の控えの間に入って行くと、矢代と鈴木が待っている。

「大変なことになりましたぞ」

平九郎が腰を据えるのももどかしそうに鈴木が口を開いた。その形相《ぎょうそう》を見ればただならぬことが起きたとわかる。横目で矢代の表情を確かめると、のっぺらぼうのような摑み所のない顔で正面を向いている。

「入れ札に関わることにございますか」

「そうじゃ」

鈴木は不快な視線を矢代に投げた。

「商人どもが支払いを求めてきたのじゃ」

「………」

鈴木の言っていることがわからない。商人が支払いを求めてくるのは当然である。

平九郎の戸惑いの表情を汲み取って、

「通常、商人への支払いは盆、暮と決まっておる。それまでは掛けとしておるわけじゃ」

鈴木はこんなことも知らないのかという顔をした。

「それが、急に支払いを求めてきたのですか」

平九郎が問い直すと鈴木は苦々しそうに首を横に振りながら、

「入れ札をした商人どもが品物と引き換えに支払いを求めてきた。支払いがない場合は品物を納めないと申しておる。商人どもみな結託《けったく》しておるのじゃ。今、藩邸に支払うだけの金子《きんす》はない。勘定方も弱っておる。かと申して品物が入らぬとなれば藩邸の暮らしが立ちゆかぬ。無理にも納めよと申せば、商人ども御公儀に訴え出よう」

「何故そのようなことを申してきておるのです」

「みな、入れ札によって値を下げた。利幅を削ってしまったゆえ、代金の支払いは早めにしていただきたいというのじゃ」

鈴木はいかにも入れ札が災いしていると言いたげだ。そんな非難めいた物言いなどは無視をして、

「ならば、入れ札を行った意味がないではありませんか」

平九郎が抗議をするかのように言うと鈴木は頭を振って、

「わしに言われても困る」

鈴木は平然と言い放った。

「では、行ってまいります」

平九郎は腰を上げた。

「どこへ行く」

鈴木に訊かれ、

「決まっております。商人の所ですよ。わたしにお任せください」

言い捨てて部屋を飛び出した。鈴木は舌打ちをし、矢代は無表情で正面を見ていた。

平九郎は千成屋にやって来た。

秋月と一緒に面談をした質素な客間に通された。庭から酒樽を積んだり下ろしたりする人足たちの声が聞こえる。その喧騒は千成屋の繁盛を物語っていた。こんなに儲かっているのなら、支払いは従来通りでいいだろうと思っていると、

「失礼申し上げます」

三蔵が入って来た。以前会った時と同様、地味な紺地木綿の着物に羽織を重ねてい

る。

「相変わらずの繁盛だな」

「いいえ、それほどでは」

その目は警戒心を色濃く映し出していた。頭ごなしにこちらの要請を押し付けても拒絶されるだけだろう。

「困ってしまったのだ」

出された茶には目もくれず、弱々しげに肩を落として見せた。三蔵は黙りこくっている。平九郎の腹を探っているのだろう。ここは、腹の内を開示した方が良い。

「支払いのことだ。入れ札を行う前は掛けにして盆、暮に支払っておったはず。それが、金と引き換えでないと品物を納めない、と申し越してきたであろう」

三蔵は頰を緩《ゆる》ませたが目つきは厳しいまま、

「いかにも、そのように鈴木さまにはお願い申し上げました」

「何故じゃ」

あくまで穏やかに問いかけた。三蔵は追及から逃れるように庭に目をやり、

「入れ札に際しては値引きをしております。以前よりもうんと利が薄くなっております。大内さまとのお付き合いを考えますと、それも商いの努力と受け止めております

が、先立つものは確保しておかなくてはなりません。造り酒屋への支払い、廻船問屋への支払い、中々に大変でございます。できる限り、手元に金を持つことは当然のことにございます」

視線を平九郎に戻した。

「それは、わかる。しかし、千成屋ばかりか醬油問屋、油問屋、畳問屋、みな一斉に掛取りから代金と引き換えと変更を申し出てまいった。正直申して、藩邸の台所事情を鑑《かんが》み、困っている」

「みなさま、利が薄くなり大変なのです」

三蔵は淡々としたものだ。相手は算盤勘定に長けた商人である。下手な駆け引きは通用しない。となれば、

「頼む。従来の支払い方法に戻してくれぬか」

単刀直入に思いの丈をぶつけた。三蔵は薄笑いを浮かべ、

「手前どもも商人でございます。よい酒を安く仕入れるにはお金が必要なのです」

「それはわかる。わかった上で頼んでおるのだ」

「そのように申されましても……」

三蔵は困った顔をした。

「おまえが承諾してくれれば、それが前例となって他の商人たちも言うことを聞いてくれよう」

「ですが、承諾できることとできないことがございます」

三蔵はやんわりとした物言いながら、断固とした拒絶の姿勢を示した。あまりに正面から挑み過ぎた。多少は揺さぶりも必要というものだろう。

「出入り商人同士で示し合わせをしておるのではないか」

平九郎の勘繰りに三蔵は意外にもあっさりと、

「示し合わせるとは、よき言葉ではございませんが」

奥歯に物の挟まった言い方ながら認める発言をした。込み上がる不快感を胸に畳み、

「商人同士で徒党を組み、利の回復を狙っておるのではないか。つまり、従来のやり方に戻ることを狙っている、と」

「確かに、以前に戻ればよいと思います」

「ほう、認めるのか」

「しかし、それればかりではございません」

三蔵の目が揺れた。話していいのかどうか迷っているようだ。

「どうした。話してくれ。当家に対して不満があるのか」

三蔵は、「不満はございません」と口ごもってから目をそらした。何かあるに違いない。

「話してくれ、頼む、この通りだ」

平九郎は頭を下げた。

「そのような真似、なすってはいけません」

「頼む、話してくれ」

なりふりはかまっていられない。米搗《こめつ》き飛蝗《ばった》のように幾度も頭を下げた。三蔵から本音を聞き出すまでは、断固として動かない覚悟だ。三蔵はしばらく平九郎を見ていたが、

「椿さま、わたしはあなたさまを誤解しておったようです」

落ち着いた声を出した。平九郎は動きを止め、

「それは、どういう意味だ」

「お屋敷であなたさまは大殿さまへの胡麻擂《ごます》り上手なお方という噂をお聞きしました。手前は椿さまをもっと薄情なお方、大殿さまの威を借りた驕ったお方と思っておったのです。それが、手前のような商人風情にも平気でご自分の胸の内を開かれる。実にまっすぐなお方とお見受けしました。あなたさまが本音を申される以上、手前も正直

なお話をさせていただきましょう」

三蔵の表情は一変していた。険しさが消え去り、柔らかな笑みをたたえている。三蔵が胸襟《きょうきん》を開いてくれたのは喜ばしいが、問題はこれからである。

一体、何を語ろうというのか。

平九郎の警戒心を裏付けるように三蔵は再び表情を引き締めた。

「雪乃さまの老女萩山さまから書状が届いたのです。そこには、雪乃さまがご実家春日山藩森上家に金銭の援助を断られたとしたためてありました」

「それがどうしたのだ」

「大内さま御家中へは森上御家中より、多額の金子の援助があることは手前ども商人の間では公然の秘密でございます。それゆえ、手前どもも安心して掛売りを行っておったのでございます」

春日山藩森上家は五万石の小藩ながら財政は豊かである。越後上布《えちごじょうふ》の原料である青苧《あおそ》の栽培が藩の台所を潤している。青苧は戦国の世には武神と崇められた越後の武将上杉謙信《うえすぎけんしん》の戦費を支えた。

謙信が居城を構えていた春日山を本拠とする森上家も青苧栽培を奨励し、上方の商人に扱わせて大きな利を得ているのだ。

それにしても、大内家が森上家から金銭の援助を受けているとは意外だった。石高半分、家格も下の森上家から輿入れしてきた雪乃と取り巻きが大きな顔をしていられるはずである。

「森上さまからの援助がなくなってみれば、掛売りは御免こうむりたいと申すのだな」

得心がいった。想像以上に雪乃という存在の大きさに身震いした。

「ですので、これからは金子と引き換えにということとさせていただきたいのでございます」

三蔵は申し訳なさそうに頭を下げた。

「事情はわかった。わかってみれば無理からぬこと。この場で無理強《じ》いをすることはできんな」

雪乃のたおやかな顔がまざまざと浮かんだ。

鈴木金右衛門の薄笑いの表情も想像される。平九郎は強い敗北感にまみれた。

第四章　無宿人狩り

一

長月《ながつき》（九月）五日、商人への支払いの方策が立たぬまま、平九郎は下屋敷に顔を出した。

木々が色づくには早いが朝夕に吹く風は肌寒く、失意の平九郎にはひときわ身に沁みる。

盛清が佐川と共に普請場にいた。寄場の施設が建てられようとしている。

「おお、清正、どうじゃ、着々と進んでおるぞ」

盛清は生き生きとしている。

藩財政改善を進めていくつもりが、厳しい現実にぶち当たってしまった。活路を見出そうとした内藤新宿での商人選定も無宿人と相良殺害ばかりか幼子も殺されたとあって混乱の極みにあるそうだ。

「佐川さん、内藤新宿の混乱、収まりますかね」

平九郎が問いかけると、

「いずれは収まるさ。それに、相良氏を殺した者はなんとしても挙げてやる。そうでないとあいつが浮かばれんからな」

佐川は珍しく激している。

「無宿人は佐渡に送られるのですか」

平九郎が問いを重ねる。

するとと佐川が答える前に、

「無宿人は大内家が引き受けるのじゃ」

盛清は言った。

「まあ、それはまことに高邁なる志と存じますが。果たして公儀が了承しましょうか」

平九郎の危惧に、

「心配ない。清正、わしを見くびるな。何も根回しをせずして思いつきでやろうとしておるのではないぞ」

「と、おっしゃいますと」

「近々のうちに勘定奉行に会って了解を求めるつもりじゃ。勘定奉行の久坂越中守は気楽とは懇意にしておる。気楽から面談を申し込んでもらった」

「ほう、そうですか」

平九郎は佐川を見た。

「会ってはくれるがな……」

珍しく佐川は自信なさげだ。久坂とはそりが合わないため、自分の頼みを聞き入れるか不安なのだろう。

「本来ならじゃ、久坂の方からこちらに挨拶と礼を言いに来るべきなのじゃ。感謝されこそすれ、迷惑がられるのは理不尽というものじゃな」

盛清らしい理屈で言い立てた。

「まあ、相国殿、せっかく高邁なことをなさるのだから、心は広く持たないといけないよ」

佐川の言い分はもっともだ。

「まあ、そうじゃな。勘弁してやるか」

と、盛清も機嫌を直したところで、家臣がおっとり刀でやって来て、

「勘定奉行、久坂越中守さまが大殿さまへお目通りを願っておられます」

と、報告した。

「なんじゃと」

さすがに盛清は驚いた。

「わたしが会いましょう」

平九郎が申し出た。

ところが、

「いや、わしが会う。ここにおいで願え」

盛清は命じた。

家臣は門に向かった。

「思いもかけない訪問ですな」

佐川は言った。

やがて、久坂政尚がやって来た。火事羽織に野袴という出で立ちである。従者も従えず、一人である。久坂は盛清の前で片膝をつき丁重な挨拶をした。

「本日は断りもなく訪問を致しましたこと、お詫び申し上げます」

「なんの、こちらから出向こうと思っておったのでな。手間が省けるというものじゃ」

盛清は上機嫌に言った。

久坂は立ち上がり、普請場を見回した。

「なるほど、ここに寄場をお作りになるのですな」

久坂は見回した。

「いかにも」

盛清は自慢げに説明を加えた。

「まこと、大殿のお考えは天下万民のためでございますな。いやあ、この久坂、大いに感じ入ってございます」

久坂の世辞に盛清はすっかり満悦の表情となった。

「わしもな、老骨に鞭を打ち、恵まれぬ民のために尽くすつもりじゃ」

盛清は言った。

「まさしく、そのお志の高さゆえ、いつまでもお若いのでしょうな」

久坂は褒め上げる。

平九郎には何か魂胆《こんたん》があるとしか思えない。

平九郎が、

「久坂さま、本日のお越しは」

と、問いかけた。

久坂はちらっと佐川を見て、

「佐川とは年来の友である。佐川が内藤新宿で起きた相良殺しの探索、乱暴を働いた無宿人の捕縛を手助けしてくれたと聞いた。無宿人の流入は公儀の悩みの種である。大殿と佐川が公儀のために一肌脱いでくれると知ってな、是非とも、お礼を申さないではいられないと思い、まかり越した次第」

改めて久坂は盛清に頭を下げた。

「それはわざわざ、すまぬな」

盛清は鷹揚に受け入れた。

「では、当家の寄場、公儀ではお認めくださるのですか」

平九郎が確かめた。

「むろんのこと、と申したいが、今回のこと、わしが預かっておる」

久坂は微妙な言い回しをした。

「それは、どういう意味だい」

佐川が問いかけた。

久坂は佐川を向いて、

「わしは、一も二もなく大殿のお考えに賛同した。しかし、幕閣の中には頭の固い連中がおってな、公儀の体面を気にし、大名が寄場を営むことに難色を示す方々もおられる。そこで、わしが大内家の寄場について見極めることにした。本日、大殿より直々に計画をお聞きし、成就するのを確信致して、大殿は我ら公儀の役目に携わる者全ての模範にすべし、と御老中に申し上げますぞ」

と、何度もうなずきながら賞賛した。

満更でもない笑みを浮かべる盛清を横目に、

「そりゃ、御大層なことだな」

佐川は言った。

「よって、大殿には是が非でも成功をしていただきたい」

久坂は言葉を添えた。

「任せておけ」

盛清は胸を張った。

久坂の訪問は好意的なものだとわかり、盛清はご満悦であるが、平九郎には不安と疑念が残る。幕府や大名家の役職者は差配違い、すなわち領分を侵されるのを嫌う。無断で差配違いをすれば内容によっては弾劾《だんがい》される。

江戸府内に流入する無宿人の対策を幕府以外の大名が行うのは強い抵抗があるはずだ。勘定奉行の立場であれば大内家に抗議をするのが当然ではないだろうか。

すると平九郎の心中を察してか、

「おまえにとっての利は何だ。単に相国殿の計画に感じ入ったわけではあるまい」

佐川が聞きにくいことを問い質してくれた。

「佐川、そなた、相変わらず勘繰り好きだな。わしは利など求めておらぬ……とは申さぬ」

久坂は笑った。

「小馬鹿にしおって。勿体《もったい》をつけずに話せ」

佐川は迫った。

久坂は真面目な顔になり、

「大内家の試みが成功すれば、これは有効な無宿人や渡世人《とせいにん》対策になる。大内家に限らず、他の大名家でも同じ試みをしてもらう」

久坂は言った。

「そうか、それらを貴様は管轄《かんかつ》しようというのか」

佐川は得心したと言い添えた。

「その通りだ」

当然のように久坂は認めた。

「そりゃ、大志を抱いているもんだな」

佐川の言葉には冗談と本気が入り混じっている。

「ああ、そのために精進をしてきたのだからな」

「ご立派だね」

佐川は肩をそびやかした。

すると、

「うむ、久坂、そなたは偉いな。わしはな、野心を抱く者は高く評価しておるのじゃ。気楽も少しは見習え……いや、無理じゃな。人には分《ぶん》というものがあるからな。気楽は気楽のままでよい」

盛清は声を放って笑った。

「それは、光栄の至りにござります」

久坂は恭《うやうや》しく頭を下げた。

「ところで、相良殺しの下手人探し、どうなったんだ」

佐川が問いかけると、

「中々、難しい一件のようだ。もちろん、必ず下手人は挙げる」

強い決意を久坂は示した。

「このままじゃ、相良は成仏できないからな」

佐川は言った。

「内藤新宿で悪い噂を耳にしました」

平九郎が話した途端に久坂は目を凝らし、

「公儀が内藤新宿を閉鎖に追い込むという風説《ふうせつ》かな」

と、問い直した。

「いかにも」

平九郎は見返した。

「好き勝手に無責任な風説を流しておるのじゃ」

久坂は鼻で笑った。

「果たして、そうですか」

平九郎は迫った。

「なんじゃ、恐い顔をして」

久坂はいなすように笑った。

「冗談ですか」

平九郎も笑みを浮かべた。

「わしは、冗談や軽口は好きじゃが、時と場所を考える。大殿の御前を考えた言動をするのもじゃ」

「わかりました。失礼な物言いをしてしまい、すみませんでした」

平九郎の詫びを、

「わかればよい」

と、久坂は受け入れた。

「ところで、勘定所は無宿人を片っ端から佐渡金山に送っているな」

佐川は責めるような口調で問いかけた。

「佐渡金山で働くことを望む者だけだ」

久坂は平然と返した。

「望まない者も送っているんじゃないか。いや、そもそも、好き好《この》んで佐渡に行きたがる者などいないだろう」

佐川は苦笑した。

「そうは申せぬぞ」

久坂は無宿人たちから証文を取っている、と言い添えた。

「証文といったって、無理やり爪印《つめいん》を捺させているんじゃないのか」

佐川は抗った。

「勘繰れば切《きり》がないぞ」

久坂は笑い飛ばした。

尚も佐川が異を唱えようとしたのを盛清が制し、

「まあ、気楽、それくらいにしておけ。なに、石川島の人足寄場が一杯で収容できない無宿人はわしが引き受けるのじゃからな」

上機嫌に言った。

「まさしく、大殿のおっしゃる通りでござるな」

久坂は盛清をおだて佐川の追及をかわした。

佐川は面白くなさそうに横を向いた。平九郎が、

「畏れ入りますが、内藤新宿での騒ぎ、どうにも気にかかります」

と、懸念を示した。

「勘定所からの出張所では対応できない、とお考えかな」

「対応できないとは思いません。そうではなくて、はっきりと申せば内藤新宿の者たちは勘定所に対して疑心暗鬼を抱いております。いさかいが生じるかもしれません」

平九郎は言った。

するとと盛清が、

「それは聞き捨てならんぞ」

と、興味を抱いた。

「いや、大殿、いささか椿殿は誤解をしておられるようです」

久坂は慌てて言い繕った。

「何が誤解だ」

佐川が内藤新宿に漂う不穏な空気を言い立てた。

「おい、そう大きな声を出すな。実際、内藤新宿に不穏な空気を漂わせているのは無宿人たちじゃ。内藤新宿ばかりではない。甲州街道の様々な宿場で無宿人どもは乱暴狼藉《ろうぜき》を繰り返し、宿場や街道の風紀や治安を乱しておるのだ。そうした不安は甲州街道の一番目の宿場たる内藤新宿ではより一層の危機意識となっておるのだ。よって、内藤新宿の治安を改善させることが必要なのだ」

ここぞとばかりに久坂は言い立てた。

するとと佐川が、

「勘定所から派遣されている須藤何某とかいう男、陰険そうだぞ。あれじゃあ、新宿で受け入れられるどころか反感を買うだけだ」

と、思い切り顔をしかめた。

「役人というものは民から好かれる必要はない。きちんとした仕事をするのが肝要なのだ。好かれようとして媚びれば舐められるだけだ。民というのはしたたかだぞ。面従腹背などはあたり前なのだ」

久坂は持論を展開した。

平九郎が、

「おっしゃることはわかります。ですが、須藤殿はまず無宿人を悪党として扱っておられる。そして、わたしの目から見ましたら、無宿人を使って内藤新宿の者たちの不安を煽り立て、新宿内を混乱に陥れております」

自分で見聞きしたことに対する評価を表した。

「しかし、無宿人たちが治安を乱す大きな要素であるのは紛《まぎ》れもない事実だ。過ぎたる温情をかけるのは、政《まつりごと》を誤らせる大きなとば口である」

久坂は厳しい顔をした。

「では、内藤新宿で捕まったあの五人は佐渡金山に送るのかい」

「送るしかあるまい。石川島の人足寄場も一杯であることだしな」

やむを得ないと繰り返し久坂は盛清を見た。

嫌な予感に平九郎は駆られた。

「わかった。わしがな、その捕まった無宿人を引き受けようではないか」

危惧した考えを盛清が言い出した。

予感が的中した。

「大殿、まだ、寄場は整っておりません」

慌てて平九郎は異論を唱えた。

佐川も、

「平さんの言う通りだ。準備も整わずに受け入れをしてしまったなら、きっと失敗するのだぞ」

平九郎と一緒に反対をした。

久坂も、

「大殿のお気持ちはありがたいと存じますが、無理はなさらないのがよろしゅうございますね」

と、諫《いさ》めた。

しまった、と平九郎は思った。盛清の天邪鬼《あまのじゃく》な性格からして、反対されればされるほど意固地《いこじ》になるのだ。

案の定、

「万事整ってやるような企てなどはない。こうしたことはな、やりながら調《ととの》えるものなのじゃ」

もっともな理屈で盛清は話を締め括った。

空を見上げると雲の流れが速い。東の空には暗雲が立ち込め、風も強くなった。今夜あたり嵐になりそうだ。

今後の内藤新宿と盛清の人足寄場計画、そして商人への支払い問題の行く末を占う嵐でないことを平九郎は祈った。

二

その日の夜、内藤新宿の陣屋に備えられた仮牢では五人の無宿人たちが額を寄せ合って談合していた。

「どうするよ」

仁助《にすけ》が突き出た腹を震わせた。

夕方から分厚い雲が空を覆いつくしたと思ったら、雨が降り風も強くなった。嵐の到来である。

「何がじゃ」

対照的に痩せた三太郎《さんたろう》があくびを漏らした。

「おまえはのんびりしていていいな。羨ましいべ」

仁助がけなすと、

「ほんとだ、おれたち、殺されるべ」

信吉《しんきち》が応じた。

ただ、丸くて茫洋《ぼうよう》とした顔のため、危機感が伝わらない。

三太郎は、

「わかっているよ、そんなこと。でもな、どうしようもなかんべ。諦めるしかねえよ。おれたちは囚《とら》われの身だ」

と、諦めの境地であるかのようにため息を吐いた。残る為吉《ためきち》は寛太《かんた》を抱き寄せた。

「早く人足寄場に送ってもらわねえことには、おらたちは殺されるか佐渡金山で働かされるぜ」

声を大きくして仁助は皆の危機意識を煽り立てた。

「だから、諦めるんだよ」

三太郎は再び繰り返した。

「こんなところでくたばりたくねえ」

信吉は強い口調で言い立てた。

「そうさ、美味い物も食いたいしな、おら、まだまだこの世には未練があるべ」

三太郎が賛同した。

「どうすんべ」

信吉が頭を抱えた。

「大丈夫だよ。人足寄場に送られるよ」

為吉は寛太に言い聞かせるようだ。

「いっそ、脱走するか」

不意に仁助が言った。

「馬鹿こくでねえ。脱走なんてできるはずはねえべな」

三太郎は首を左右に振る。

「それもそうか」

仁助はうなだれた。

「逃げてえよ」

三太郎が嘆きながら仮牢の扉を押した。すると、

「あれ……」

扉が開いたではないか。

「なんだ……」

仁助が口をあんぐりとさせた。

「鍵が掛かってねえべ」

三太郎は扉を指差した。

「どうすんべ」

仁助は素《す》っ頓狂《とんきよう》な声を上げた。

「逃げるべよ」

三太郎がみなを促す。

「やめとけ」

仁助は止めた。

「どうしてだよ」

心外だとばかりに三太郎はむっとして言い返した。

「おかしいぞ。どうして鍵が開いているんだよ」

仁助は疑問を呈した。

「錠を掛け忘れたんだよ」

三太郎は言った。

「そんなはずねえよ。罠だよ。罠に決まっているよ」

仁助は信吉と為吉に賛同を求めた。

「そうだ、おかしい」

信吉が仁助に同意し、

「罠だんべ」

為吉も力なく賛同した。

二人に罠だと言われ、

「そうだんべな」

と、三太郎は受け入れたものの、

「ほんでも、わざと鍵を掛けねえで逃げさせるんだべか。そんなことしたら、お役人さまは責任を問われるべ」

と、気を取り直した。

「それもそうだ」

信吉も仁助に合わせた。

「それにだ、おめえら、考えてみろ。このままここに囚われていりゃあ、佐渡金山に送られるんだ……いいんや、その前に殺されるかもしれねえぞ」

両目をかっと見開いて三太郎は言い立てた。

「お役人さまは人足寄場に入れてくれるっておっしゃっただ。信じるんだよ」

為吉が窘めた。

「信用できねえ」

三太郎は吐き捨てた。

「おらはお役人さまを信じるよ。あのお方は若いのにしっかりしていなさる。それに、生真面目で嘘をつくようなお方じゃねえ」

三太郎に向き為吉は諭した。

「そりゃ、市村さまは誠実なお方かもしれねえ。だども、内藤新宿の連中はどうだ。

おらたちを目の敵《かたき》にしてるじゃないか。それに、市村さまの上役は佐渡金山に送れとおっしゃっているんだ。未だに人足寄場に入れられないというのは、きっと、市村さまのお考えが通らないんだ」

三太郎が反論すると、

「それもそうだ」

信吉が応じた。

それを受け三太郎が勢いづいた。

「ここにいたら、殺されるに決まっているだよ」

明かり取りの窓から風雨が吹き込んだ。

「嵐だ」

為吉は窓を見た。

格子の隙間から横殴りの雨が降り込める。暗黒の空に稲光《いなびかり》が走り、五人の顔を映し出した。直後に雷鳴が轟《とどろ》き、五人は首をすくめた。

「こりゃいい。嵐なら、逃げやすい」

顔を上げ、三太郎が言った。

信吉が、

「ひょっとしたら、市村さまが鍵を外してくださったのかもしれねえぞ。おいらたちのことを逃がそうとしてくださるのかもしれねえべ。そうだよ、あのお方はおやさしいんだ。おいらたちがひでえ目に遭う前に逃げろって、そんなお気持ちかもしれねえ」

と、言い出した。

「都合が良すぎる考えだ」

為吉は警戒した。

「そうかな、おら、信吉に賛成するな」

三太郎は強い口調で言った。

その間にも雨風は強くなった。屋根を打つ雨音、格子の隙間から激しい風が吹き込んでくる。牢の扉がばたばたと開閉を始めた。それは、逃げろ、と誘っているかのようだ。

「おら、行くべ」

三太郎は決断した。

「おらもだ」

信吉も腰を浮かした。

「どうせ、捕まるだけだ。内藤新宿の者に捕まったら殺されるぞ」

為吉は二人を止めた。

「そうだよ」

仁助も止めた。

「どのみち、殺されるべ」

三太郎が抗うと、

「なら、逃げろ」

為吉は突き放すような物言いをした。

「おまえらも逃げるんだ。おれたちは逃げて、おまえらが逃げずにいたら、おまえらにお咎めがあるぞ」

と言う三太郎の気遣いに、

「そんでもいい」

為吉は言った。

「駄目だ」

信吉が立ち上がって為吉を誘った。為吉は寛太を抱き、牢の隅に移った。

「勝手にしろ」

三太郎は信吉を促した。

「行くべ」

信吉は勢いよく牢から飛び出した。

三太郎も続く。

仁助は迷っている。

しかし、

「早く」

と、三太郎に誘われたが為吉が首を左右に振るのを見て、思い留まった。

嵐の中、三太郎と信吉は牢を逃げ出した。扉が開いたままだ。

「寛太……」

為吉は寛太を抱きしめた。

しくしくと寛太は泣き出した。

「あいつら……」

為吉は脱走した二人の身を案じた。

三太郎と信吉は塊となって街道に出た。暴風の夜とあって人けはない。嵐が幸いとなり、内藤新宿から抜け出せそうだ。

新宿を出ても行く当てはない。

それでも、とにかく宿場を出ることができれば自由の身となるのだ。

二人は雨風に抗いながら街道を進む。とりあえず、江戸府中を目指すことにした。

木戸が閉まっているが、木戸番もこの嵐、外を回ってはいまい。

三太郎は前を走り、信吉が後ろに続く。水たまりに足を取られ、濡れ鼠となったが、二人は気にせずに前かがみとなり、雨と風を凌《しの》ぎながら歩いた。

「もうすぐだぞ」

励ますように三太郎は振り返った。

「おお」

「これで内藤新宿ともおさらばだ」

信吉は喜びの声を上げた。

横手に大きな杉の木が植えられ、その脇に小屋があった。小屋を通り過ぎようとした時、戸が開いてどやどやと数人の男が現れた。中の一人は力士のような大男だ。

「逃がさねえぞ」

大男、すなわち問屋場の人馬指、権次郎が二人にどすの利いた声を放った。

三太郎と信吉は権次郎と人足たちによって捕縛され、仮牢に戻された。

「みろ、罠だったんだ」

信吉は三太郎をなじった。

「そんなこと言ったって、おめえだって逃げ出したじゃねえか」

三太郎は苦々しそうに返す。

殴打され、二人の顔面は腫れ上がっている。

為吉が割って入った。

「仲間割れをしてどうするだよ」

三太郎と信吉は痛みに顔を歪ませ、口を閉ざした。

三

朝になり、陣屋に須藤小平太がやって来た。

嵐が過ぎ去り恨めしい程の青空が広がっている。須藤は仮牢に向かった。

仮牢の前に立った須藤は宗十郎頭巾を脱いで為吉たちを睨み据え、

「見下げ果てた者どもじゃな」

と、冷笑を放った。

続いて、罵声を浴びせようと身構えたところで、

「名主殿がいらっしゃいましたぞ」

市村に告げられ、

「よし」

須藤は威圧的な目をして仮牢から出た。

黒紋付を重ねた六代目高松喜六は辞を低くして須藤の前に座した。

須藤は渋面を作り、

「勘定奉行久坂越中守さまも憂慮《ゆうりょ》しておられる。このところ不祥事が続いておるのでな。名主たる高松喜六や内藤新宿きっての商人、三河屋徳左衛門の責任は重いぞ。このままでは、六代続いた高松家も名主のお役を御免だ」

と、言い放った。

喜六は恐縮の体《てい》を取りながらも、

「お言葉ですが、内藤新宿は平穏にございます」

と、笑顔で返した。

須藤は険しい表情のまま、

「久坂さまは、市村、そなたにも大層ご立腹である」

久坂の威を借りて須藤は市村にも叱責を加えた。

「勘定奉行さまのお心を煩わせましたことは、大変に申し訳なく存じます」

恭しく喜六は頭を下げた。

「道場主殺しに続き幼子も殺められたとか。下手人は挙がっておらぬが、おそらくは無宿人どもの仕業じゃ。内藤新宿は風紀ばかりか治安も乱れておるではないか」

須藤は嵩《かさ》にかかって責め立てた。

すると、喜六は平然たる顔で、

「仰せの通り、内藤新宿内は多少ですが騒がしくなっています」

と、認めた。

「まるで他人事のように聞こえるぞ」

喜六をねめつけながら須藤は言い立てた。

「むろん、責任は感じております」

「では、いかにするのだ」

不機嫌に須藤は問いを重ねた。

「手前も新宿内の安全に尽くしますが、今回の騒動は無宿人が陣屋の仮牢を抜け出したことにあります。これでは、新宿の安全は保てませんな」

喜六は失笑を漏らした。

須藤は市村を睨んだ。

「申し訳ございませぬ」

市村は鍵が開いていたことを詫びた。

「勘定所の陣屋がこのような有様ではなんとも心もとないですな」

声を上げて喜六は嘲笑《あざわら》った。

須藤は苦虫を嚙んだような顔になる。

「須藤さま、二度と今回のような不始末を起こさないようにお願い致します」

一転して優位に立ち、喜六は余裕たっぷりに頼んだ。

「うむ」

須藤はうなずいた。

「では、引き続き手前は新宿の治安に心を砕きたいと思います」

と、腰を上げようとしたが、

「他に何か……」

と、須藤に問いかけた。

「ない」

須藤はぶっきらぼうに返した。

喜六は悠然《ゆうぜん》とした所作で帰っていった。

喜六の姿が見えなくなってから、

「市村、そなたの不首尾《ふしゅび》のせいでとんだ赤っ恥《ぱじ》を搔いたではないか」

須藤の怒りは市村に向けられた。

市村は詫びながらも、

「言い訳めいておりますが、何故鍵が開いていたのか解《げ》せませぬ」

と、首を捻った。

「自分の不始末を認めぬとは、卑怯なる物言いではないか」

須藤は責め立てる。

「それはそうですが、どうにも解せぬことなのです。何者かが鍵を外したとしか思えませぬ」

「黙れ！」

目をむき須藤は怒りを爆発させた。

市村は口を閉ざした。

「最早、猶予はならぬ。五人を佐渡金山に送るぞ」

須藤は言った。

「石川島の人足寄場に入れる、ということでご承知おきくださったのではありませぬか」

市村は異を唱えた。

「しかし、脱走を図ったとなると、最早勘弁ならぬ」

「ご勘弁ください」

市村は頭を下げた。

「ならぬ」

須藤は認めない。

「では、鍵を外した者を探し当てます」

半身を乗り出し、市村は主張した。

「そんな者がおるものか。大方、そなたの手落ちなのじゃ」

須藤の決めつけに、

「お願い致します」

市村は繰り返した。

そこへ、

「御免、入るぜ」

と、佐川と平九郎が入って来た。須藤はぷいと横を向く。

「これは、佐川さま、椿さま、ようこそお出でくださいました」

二人を迎えてから、市村は昨晩の脱走騒ぎについて語った。

「昨晩は問屋場の者どもが捕まえてくれなかったら、逃げられたところであった」

不機嫌に須藤が言い添えた。

「ともかく、五人は無事でよかったですね。こんなことを申したら、不謹慎かもしれませぬが」

平九郎が返すと、

「それにしても、無宿人が逃げ出すこと、よくわかったな。嵐の晩だっていうのに」

佐川が疑問を投げかけた。

「これまで、数多の無宿人を扱ってきましたのでな、奴らの心の内は見通しております」

須藤は胸を張った。

「そりゃ、あんたは大したもんだ、でもな、それに加えて、何か前以て耳にしていたんじゃないかって、おっと、おれは臍曲がりだからそんな風に勘繰ってしまうんだ」

佐川は顎を掻いた。

「どういうことですか」

顔を曇らせ、須藤は問い直した。

「いや、気を悪くしたらすまねえ。あまりにも、都合よく事が運び過ぎたんじゃないかって思えてならねえんだ」

言い訳をしながらも佐川は疑問を投げかけた。

「都合よくねえ……」

須藤はいなすようだ。

「だって、そうだろう。無宿人を入れていた仮牢の鍵が偶々《たまたま》開いていた。その日に限って、一本杉の小屋に人足たちが詰めていた。そりゃ、いかにも話がうま過ぎるってもんだ」

佐川は追及の手を緩めない。

「偶々ということもあります」

「何かからくりがありはしねえか」

「からくりだなど……見世物じゃあるまいに」

須藤は薄笑いを浮かべた。

すると権次郎が顔を出した。

「丁度、いいところに来たな」

権次郎に声をかけると佐川は無宿人たちが脱走するのをどうやって知ったのか、と問いかけた。

「ええっと……ああ、そうだ。吉次《きちじ》があの一本杉の小屋に詰めましょう、って言い出したんですよ」

権次郎は答えた。

「吉次って……」

佐川の問いかけに権次郎は顔をしかめながら陣屋で下働きをさせている人足だと答えた。

「吉次はどうしてそんなことを言い出したんだ」

「どうしてかね。なんだか、おれにはよくわからねえですよ」

権次郎は惚けているのではなさそうだ。

「ま、いいや」

佐川は自分で確かめる、と問屋場に向かおうとした。

すると、

「陣屋の金が盗まれたのです……五両でした」

突然、市村が言い出した。

脱走騒ぎで報告が遅れました、と須藤に詫びた。須藤の怒りの炎に油を注ぐと平九郎は心配したが、

「無宿人の仕業に違いない」

と、須藤は吐き捨てるように言ったものの市村を叱責しなかった。

「新宿内に無宿人はおりませんが……」

恐る恐る市村は反論した。

途端に須藤は顔を歪め、

「何処かに紛れ込んでおるのだ。無宿人でなければ、新宿内の者が陣屋の金を盗んだと申すか。新宿内の者は潰されるかと勘定所を怖がっているのだぞ。陣屋の金を盗ん

だとわかったらどんな目に遭わされるかわからないような馬鹿はおるまい」

須藤は市村の疑問を退け、無宿人摘発を厳命した。

問屋場で権次郎が問い詰めると吉次は自分が仮牢の錠前を外したと白状した。無宿人は悪者だから、佐渡へ送ってやろうと思ったそうだ。仮牢から逃げ出せば佐渡送りになるだろうと踏んでやったのだった。

そこまで無宿人を嫌ったわけは荻生一座の舞台を見物した際、紅螢が日光街道の宿場で何度も無宿人から嫌な目に遭わされた、と語っていたことがきっかけだという。

荻生一座は内藤新宿の住人の不安を煽《あお》っている。

権次郎は吉次を佐川と平九郎、そして須藤の前に連れて来た。

「す、すみません」

吉次はぺこぺこと頭を下げた。

「こいつが錠前を外したんですよ」

権次郎が言った。

平九郎がそれを受け、

「ということは、佐川さんのお考えが当たったことになりますね。五人の脱走は仕組まれていたんですよ」

須藤に語りかけた。

須藤は横を向いた。

佐川が、

「吉次、どうしてそんなことをしたんだ」

と、追及した。

「そりゃ……さっき、親方に言ったんですがね、無宿人なんていうのは内藤新宿にいらねえんですよ。いらねえどころか害になるんだ。無宿人どもはね、甲州街道のあちこちで悪さをしてきているんです。ねえ、須藤さま」

吉次は須藤に賛同を求めた。

「ああ、そうだ。このところ、無宿人どもの悪さはひどくなる一方だ。おまえが心配するのも無理はない」

須藤は理解を示した。

「それだけかい」

佐川は問いを重ねる。

吉次は口ごもってから、

「他にって言いますと」

佐川の顔を見ずに問い直す。

「おまえに義侠心があるのはわかるが、新宿を思っての義侠心だけからか」

「ええ、そうですよ」

吉次は早口になった。

「そうかい……」

佐川は顎を手で掻いてから、不意に抜刀すると横一閃《いっせん》に払い斬りを放った。吉次の袖が切り裂かれ、小判が落ちた。

「ひえ……」

吉次は驚いた拍子に尻餅をついた。

須藤は口をあんぐりとさせ立ち尽くしたが、そわそわとし出した。市村が小判を拾い集めてから、

「五両だ……ああ、おまえか。盗みに入ったのは」

と、詰め寄った。

「いえ、違いますよ」

吉次が立ち上がって大声で否定した。

「往生際《おうじょうぎわ》が悪いぞ！」

市村はいきり立った。

「だって、この五両は……」

吉次は須藤を見た。

須藤は顔色を変え、

「この盗人《ぬすっと》め！」

叫び立てるや刀を抜き、吉次に斬りかかった。吉次は逃げようとしたところをばっさりと斬殺《ざんさつ》された。平九郎と佐川が止める間もなかった。

背中を斬られ、吉次は倒れ伏した。

「権次郎、こいつの亡骸を運び出せ。ちゃんとした男を人足に雇え」

不快そうに怒声を浴びせると須藤は懐紙《かいし》で刀の血糊を拭い、鞘に納めた。

平九郎が、

「ちゃんと吟味をすべきだったのではありませぬか」

抗議をするように問いかけた。

須藤は動ぜずに、

「こいつが陣屋の五両を盗んだのは一目瞭然ですぞ」

「そうでしょうか。盗まれた五両と吉次の袖に入っていた五両が同一と明らかにできますか」

冷静に平九郎は問いかけた。

「お大名の留守居役殿は小判を使い慣れておられるゆえ、そんな疑問を抱かれるのでしょうな。いいですか、わしのような下っ端役人、内藤新宿、いや、江戸中の町人は小判なんぞ持ち合わせておらぬ。権次郎、おまえ、吉次に法外な駄賃を払ったのか。小判で五両をやったのか」

須藤に問われ、

「いいえ、五両なんて……」

権次郎は頭を振った。

「では、吉次は見かけによらず倹約家なのか。せっせと駄賃を溜めておったのか」

失笑を漏らしながら須藤は問いを重ねる。

「とんでもねえ。吉次は駄賃を貰ったら、まず、女郎屋か賭場に行き、あとは酒で五日と持ちませんや。で、前借、前借で……この野郎、借金を返さずにくたばりやがって。ま、香典ってことにするか」

最後はしんみりとなって権次郎は答えた。

「やはり、この五両はここから盗んだものですな」

須藤は断じた。

平九郎は反論しなかったが、

「あるいは、陣屋の誰かがやったか……だな」

佐川は鼻歌混じりに言った。

それを須藤は聞き流した。

ここで、

「ならば、五人を人足寄場に入れること、ご承知くださいますな」

市村は頼んだ。

「それはならぬ。佐渡に送る。何度申したらわかるのだ。石川島の人足寄場は手一杯なのだ。それにな、脱走を図るような不届き者、人足寄場に送ったとて、真人間になんぞなるものか」

「そんな……」

有無を言わせぬ態度で須藤は拒絶した。

市村は不満を示した。

「ならぬ！」

須藤は市村の胸倉を摑んだ。

「……わかりました」

市村は受け入れるしかなかった。

須藤は仮牢に足を向けた。平九郎と佐川、それに市村も続いた。須藤は仮牢に至ると、

「おまえたちの三人を佐渡金山に送る。二人は石川島の人足寄場に入れてやろう。誰が佐渡か石川島か自分たちで決めよ」

と、言い放った。

市村は唖然と立ち尽くした。

五人はお互いの顔を見合わせた。

市村と須藤が去ってから仮牢には重い空気が漂った。

沈黙を破って三太郎が言った。

「おれが佐渡に行くべ」

「そんだ。おれたち二人が脱獄しただ。おらも佐渡へ送ってもらうさ」

信吉も名乗り出た。

仁助が、

「おらも佐渡へ行く。為吉と寛太は離れ離れにならねえ方がええよ」

と、申し出た。

三太郎と信吉、仁助の視線を受け、

「おめえらの気持ちはありがてえ。だども、村を捨て、江戸に行こうって誘ったのはおらだ。おらが言い出さなかったらこんなことにはならなかった。だから、おらが佐渡へ行く。ほんでも、寛太は人足寄場に入れてやりてえ。まだ子供だ。こいつは手先が器用だから腕のいい大工になりそうだ。もう一人、人足に行くことになった者は寛太のことよろしく頼むべ」

為吉は三人に頭を下げた。

すると、

「おいら、いやだ！」

寛太が叫び立てた。

「何を言うだ」

為吉が見返すと、

「おっとうと離れたくねえ。おいらも佐渡へ行くだ！」

泣きじゃくりながら寛太は為吉にすがりついた。

「馬鹿こくでねえ。子供が佐渡金山で働けるもんか」

胸で泣く寛太の顔を為吉は両手でやさしく引き離し、諭すように言い立てた。為吉の目からも涙が溢れ、三太郎、信吉、仁助も肩を揺すってむせび泣いた。

彼らの様子を須藤は柱の陰から窺い、ほくそ笑んだ。

四

明くる日の朝、佐川と平九郎は再び内藤新宿の陣屋にやって来た。

「殺された娘の身元がわかりましたよ」

市村が言った。

それはよかった、とは言えないが弔《とむら》いができることはせめてもの慰めだ。

平九郎は黙って先を促した。

「八王子《はちおう》宿《じしゆく》の百姓の子でお民《たみ》というそうです」

内藤新宿の問屋場から甲州街道の各宿場に問い合わせをした結果、八王子宿の助郷村で娘が行方不明になっている農家があるとわかった。

先ほど、両親が駆けつけて寺で預かったお民の亡骸を確かめたそうだ。

「お民をさらった者はわかったのかい」

怒りを押し殺して平九郎は確かめた。

「わかりません。ただ、須藤殿が八王子宿を巡回した際に子供さらいの風評が流れていたそうです」

市村は言った。

平九郎がうなずくと、

「八王子宿で子供がさらわれているという注意書きが名主殿に届いたんですよ。それからですね、内藤新宿に不穏な雰囲気が漂うようになったのは」

市村は続けた。

「荻生一座は内藤新宿に来る前は何処で興行を打っていたのですか」

平九郎の問いかけに、

「ええっと、確かですね……名主殿に挨拶をしに来た時、日光道中の宿場で興行を重ねて来たって言っていましたよ」

「本当は甲州街道、八王子宿辺りで興行を打ったんじゃないのか」

佐川が勘繰った。

「そうだ。いかにも怪しげだ」

平九郎が言うと、

「よし、荻生藤吉郎をお縄にします」

市村は決意を示した。

次いで、

「相良殿を殺したのも荻生一座ですよ」

と、主張した。

「もっともな理屈だがな」

佐川も相良一刀斎を殺したのは荻生一座だと思っている。市村が言ったように、内藤新宿を混乱させるためなら幼子も平気で殺すかもしれない。

「まずは、八王子宿に荻生一座が滞在したことがあるのか。子供さらいの風評が流れた時にだな」

冷静に佐川は告げた。

「問屋場から問い合わせてもらいますよ」

快く市村は引き受けた。

「どうして須藤は佐渡へ送る無宿人を一人でも多く確保したいのだ」

佐川が疑問を投げかけた。

「須藤殿は一人でも多く佐渡に送って金の採掘量を高めようとなさっておられるのです」

市村は困ったと言い添えた。

佐川が平九郎を促した。

「実はわが大殿が人足寄場を設けておられます」

平九郎が打ち明けると、

「耳にしております。大変にご立派な志だと思います」

「まだ普請は成っていないのですが、大殿は一日も早い方がよかろうと、無宿人の受け入れをなさいます」

平九郎の言葉を受け、

「勘定奉行、久坂越中守殿の了承も得たぜ」

佐川は久坂の書付を市村に見せた。

市村の顔が喜びに溢れた。

が、それも束の間のことで、

「ですが、須藤さまが承知するでしょうか」

市村は危ぶんだ。

「勘定奉行が承知しているんだ。須藤だって異を唱えられるものじゃないさ。それに、五人を脱走させた黒幕は須藤だ。吉次を口封じしたのが何よりの証だよ」

佐川の推量に市村は唇を嚙み、反論しなかった。平九郎は五人の受け入れを調えるべく下屋敷に向かうと言った。佐川も付き合うぜと陣屋を出た。

二人が居なくなってから、須藤がやって来た。

「貴様、わしの申すことを無視しおって」

憤怒の形相で須藤は怒りを示した。

「無視ではござりませぬ。久坂さまの書付を拝見し、大内家にお引き取りをお願いしたのです」

市村は言い立てた。

久坂の許可が出た以上、これ以上は責任を問えないと思ったようで、

「五人はよい。だがな、あれから、一人も無宿人を召し捕っておらぬではないか！」

須藤は話を変えて怒鳴りつけた。

「それは、無宿人が内藤新宿には流入してこないからです」

「そなたが召し捕りを怠っておるのではないのか。わしは、甲州街道の様々な宿場でも数多の無宿人を召し捕った。百人は下らぬぞ」

誇らしげに須藤は言い立てた。

百人を佐渡金山に送ったということだ。須藤は佐渡金山の産出量減少をなんとしても食い止めたいのだ。

「内藤新宿には無宿人は流れてきませぬ」

市村の答えに、

「どうして内藤新宿には流入してこぬ」

須藤は不思議がった。

「内藤新宿には不穏な風評が流れております。子供さらいが起きる、というもので。それゆえ、新宿内は厳重に用心をしておるのです。ですから、無宿人は警戒して入って来ないのです」

やや誇らしげに市村は返した。

「ふん、何を偉そうに。それでも、そなたが一人も無宿人を召し捕ってはおらぬことに変わりはないではないか」

須藤は不快感を示した。

「お言葉ですが、勘定所は無宿人が江戸府中に流入するのを取り締まる方針なのです。流入しないに越したことはありません。内藤新宿は防いでおるのです。その努力をお認めください」

須藤は黙っている。

「須藤殿、どうして無宿人の流入を防ぐのではなく捕縛にこだわるのですか」

佐川から提示された疑念を市村はぶつけた。

須藤はむっとしながら、

「勘定所の威勢を示す。無宿人どもへの見せしめとなり、無宿人が江戸に流れることを止めることになるのだ」

犯罪を予防することになるのだ、と須藤は強調した。

「では、召し捕った無宿人を人足寄場に入れないのはいかなるわけですか。満杯ということですが、公儀こそ寄場を拡張すればよいではありませぬか。そのことを久坂さまや勘定奉行方に上申なさったのですか」

ひるんではならじ、と市村は言い立てた。

「人足寄場に入れてみろ。江戸では人足寄場で職を得られる、と江戸に入って来る者がおろう。それでは、手ぬるいのだ」

いかにも正論であるかのように須藤は言い立てた。

「ならば、国許に帰せばよいではありませぬか。わざわざ、佐渡金山に送ることはないと思います。そこまでして、佐渡の金産出を増やせるものでしょうか。勘定所も佐渡の金山の産出量が減少しているのは承知のことです。坑夫を増やしても産出量は増えるとは思えませぬ」

「よくも申せるものよ」

「拙者は決して間違ってはいないと思います。いかがでしょうか」

市村は引かない。

「うるさい！」

最早須藤は感情的になっている。

それから、須藤は怒りが治まらないようで五人の大内家引き渡しを蒸し返した。

「貴様、わしを無視しおって。わしを上役と思っておらぬのか」

須藤は憤った。

「そのことはお詫び申し上げます」

市村は両手をついた。

「わしは許さぬ」

須藤は益々頑なになった。

「佐渡金山にはな、無宿人どもが望めば送ることができるのだ」

須藤は不気味な笑いを浮かべた。

「自分から望む者などおるのですか」

深い疑問を抱きながら市村は問い直した。

「おる。佐渡金山の仕事はきついがな、時に美味い酒を飲み、たらふく飯を食べ、女を抱くこともできるのだ」

確かに鉱山と色里は切っても切れない関係にある。坑夫たちは過酷な労働の疲れを癒すために刹那的《せつなてき》な快楽を求めるのである。

「よって、ここにおる五人も佐渡金山に行きたいと望めば行けるのだ」

にんまりと須藤は笑った。

訊くまでもなく、佐渡金山に行きたい者などはいない。それゆえ、脱走を図ったのだ。

「おらぬと存じます」

市村は言った。

「訊きもせずにか」

須藤は言うや仮牢に向かおうとした。

「待ってください」

市村は抗った。

「そなたは新たに五人の無宿人を捕縛するのを怠った。よって、捕まえておる五人を以て補塡《ほてん》せねばならぬのだ」

須藤は言い張った。

「それは筋違いでございます」

市村は言い募った。

「何が筋違いじゃ。怠ったそなたに非があるのだ」

須藤は決めつけた。

「違います」

市村は唇を嚙んだ。

須藤は仮牢に向かった。

市村は追いかける。

須藤は仮牢の前に立った。

五人は須藤を見て怯えきっている。

「おまえら、佐渡金山に行きたいだろう。佐渡は地獄だと思わされておるかもしれぬが、実際は楽しい面もあるのだ。美味い酒、飯は食べ放題、いい女もおるのだぞ」

須藤は語りかけた。

五人は誰も口を開こうとはしない。須藤の話を信じる者はいないのだ。

「佐渡金山で働き、大金を摑め。一攫千金《いっかくせんきん》の夢を摑め」

須藤は煽り立てた。

しかし、誰もが伏し目がちになって口を閉ざすばかりだ。

「どうだ」

須藤は促した。

「本当は佐渡へは行きたくありません。人足寄場で手に職を付けたいと思います」

為吉が抗うと、

「おらもです」

と、仁助が言い、残り三太郎と信吉、それに寛太も人足寄場に入りたいと言い立てた。

須藤はむっとした。

市村が、

「須藤殿、佐渡金山で働きたいと望む者はおりませぬ」

と、横から言い添えた。

為吉たちは揃って首を縦に振った。

「ふん、情けない奴らめ」

須藤は吐き捨て、用部屋に戻った。

市村は五人の視線を受けながら大丈夫だというような会釈を送り、用部屋に向かった。

用部屋では、

「そなた、明日の朝までに誓約書を取れ」

須藤は当然のような口調で命じた。

「誓約書とは」

市村は首を傾げた。

「佐渡金山で働きます、という無宿人どもの誓約書に決まっておるではないか」

「望む者から誓約書を取ることは致しますが、無理強いはしませぬ」

念を押すように市村は言い返した。

「五人全てから取れ」

有無を言わさぬ口調で命じると須藤は懐中から書付を取り出した。

「誓約書だ。五枚ある。これらに爪印を押させろ。よいな」

須藤は誓約書を市村に押し付けると陣屋から出ていった。

佐川と平九郎は陣屋にやって来た。

入れ違いに須藤が出て行った。宗十郎頭巾で顔を隠しているが、肩を怒らせており、憤怒の形相をしているのがわかった。

陣屋に足を踏み入れる。

「お冠だったな」

佐川は語りかけた。

「叱責を受けました」

市村は言った。

「あんまりくよくよするな」

明るく佐川は言った。

「そうなんですが」

市村は困った顔をした。

「勘定所は無宿人を必ずしも佐渡金山で働かせる意向ではないのだろう」

佐川の問いに、

「そのはずなのですが、須藤さまは強く佐渡金山に送れと申されます。何しろ、これまでに甲州街道で百人に余る無宿人を召し捕り、佐渡金山に送ったそうなのです。須藤さまがおっしゃるには無宿人本人が希望すれば佐渡金山で働くことができるそうなのです」

不満顔で市村は答えた。

「佐渡金山で働くのを望む者などいるのか」

「いないと思います」

市村は弱々しく首を左右に振った。

「ならば、須藤が無理やり無宿人を佐渡金山で働きたいと言わせているのではないのか」

「そう思います」

「ならば、須藤を勘定所に訴えたらどうだ」

佐川が勧めると、

「それが、須藤さまは召し捕った無宿人たちから誓約書を取っているのです」

市村は須藤から押し付けられた誓約書を見せた。

ざっと目を通してから、

「汚い奴だな」

佐川は憤った。

「同じ勘定所の役人として憤っています」

市村は唇を噛んだ。

「よし、すぐにも五人を大内家の人足寄場に送ろう」

佐川は誓約書を破り捨てた。平九郎も賛同した。盛清も受け入れる気でいるのだ。

「そうですね」

市村も腹を括った。

「腹を括ったら、気分もいいだろう」

佐川の言葉に、

「はい、拙者は正しいことをやるのです」

どんぐり眼を輝かせ市村は答えた。

「その意気だ」

佐川は励ました。

五

その頃、紅螢が徳左衛門を訪ねていた。

舞台の合間を縫い、連日の訪問だ。

母屋の居間で紅螢は黒檀《こくたん》の机に置かれた金魚鉢の側に立ち、

「旦那、内藤新宿から出ましょうよ」

餌をやりながら徳左衛門に語りかけた。

「内藤新宿から出て何処へゆくのだ」

徳左衛門は鼻で笑う。

「あたしたちと一緒に旅をするんですよ」

「旅から旅の暮らしか……月日は百代《はくたい》の過客《かかく》にして行き交う年もまた旅人なり、だな。いいかもな」

徳左衛門は遠くを見る目をした。

「そうですよ、旅は楽しいですよ。行く先々で、その土地の名物を食べてお祭りに参加して、お国言葉を聞いて、そりゃもう飽きることがないのです」

笑みを深め、紅螢は誘いかける。

「そんなに楽しいかい」

釣られるように徳左衛門は問い直した。

「ですから、旦那、旅に出ましょうよ」

「あたしはね、内藤新宿一の身代《しんだい》を営んでいるんだ。新宿から出て暮らすわけにはいかないさ」

我に返ったように徳左衛門は冷めた口調となった。

「じゃあ、少しだけ旅に出ましょうよ」

尚も紅螢は甘えた声で頼む。

「次は何処の宿場で興行を打つんだい」

「八王子宿あたりですかね」

答えてから紅螢は真顔になり、

「一緒にいかがですか」

と、言い添えた。

「行きたいのはやまやまだがね、これで随分と忙しいんだ。そうそう、何日も新宿を開けるわけにはいかないんだよ」

真顔になって徳左衛門は突っぱねた。

「つまんない」

紅蛍はぼやいてから、

「お腹が空《す》いたわ」

と、言った。

「何か食べるか。何がいい」

「鰻《うなぎ》が食べたいわ」

「わかった。あたしも、精をつけなきゃいけないからね」

徳左衛門は座敷から出て行った。

徳左衛門の姿が見えなくなったのを確かめてから、紅蛍は座敷を見回った。金蔵の鍵を求め、文机の文箱を開ける。

しかし、鍵はない。

誰もが目にする所に仕舞ってあるが誰にもわからない、と徳左衛門は得意げに言っていた。

「一体、何処だと思う」

徳左衛門は得意げな顔で問うていた。

誰もが目にすることができる所……。

謎かけのような徳左衛門の物言いだった。

「あそこ……」

紅螢は金魚鉢を見た。透明なギヤマン細工の鉢の中には彩り豊かな金魚が泳いでいる。誰もの涼を誘う。

そうだ、金魚鉢の中に隠しているに違いない。

金魚鉢の側に寄り、紅螢は着物の袖を捲ると腕を入れた。ひんやりとした水が心地よい。金魚は逃げてゆく。

底に敷き詰められている白砂に指を入れる。

「何処よ」

呟きながら指で鍵を探った。

しかし、鍵らしき塊には触れることはできない。違うのか、と諦めかけた時、身体の均衡が崩れた。

「あら」

思わず両手を金魚鉢に置き、体重がかかってしまった。

「いけない」

金魚鉢が倒れた。

畳の上に水と共に金魚が散乱した。金魚は畳の上でぴくぴくと動いている。

するとそこへ飼い猫の丸《まる》がやって来た。丸は金魚を餌と見なして襲いかかる。

しまった。

「駄目よ！」

すかさず紅螢は丸を抱き上げた。丸は爪を立てながら鳴いた。紅螢は丸を宥めようと頭を撫でる。

するとの丸が身に着けている首輪が気になった。絹の織物を触ると違和感がある。

紅螢の胸は高鳴った。

布の隙間に手を入れると固い物が指先に触れた。すかさず引っ張り出す。

鍵であった。

紅螢は袖から粘土を取り出し、鍵の型を取った。

「これでよし」

鍵を元に戻すと、

「あら、大変。丸ったら！」

と、大きな声を上げた。

そこへ徳左衛門が戻って来た。紅螢は丸を抱きながら徳左衛門を見た。

徳左衛門は苦笑を浮かべ、

「丸が金魚鉢をひっくり返したのかい」

と、訊いてきた。

そうだ、と答えようとしたが、丸が倒すには金魚鉢は重い。

「そうじゃない。丸が悪いのじゃないのですよ」

紅螢は金魚鉢の近くで眺めていたところに丸が駆け寄って来たために慌ててしまい、その拍子で金魚鉢をひっくり返してしまった、と話を取り繕った。

納得したように徳左衛門はうなずく。

紅螢は丸を畳に下ろす。丸は座敷から走り去った。金魚鉢を倒した不始末を片付けようとすると、

「いいよ」

徳左衛門は女中に片付けさせると止めた。

「新しい金魚を求めるさ」

徳左衛門は鰻飯を食べようと紅螢を誘った。

「うれしい」

心の底から紅螢は言った。

第五章　千秋楽《せんしゅうらく》の夜

一

千秋楽《せんしゅうらく》近くになり、荻生藤吉郎一座は益々の盛況ぶりである。

人々は荻生一座の見世物に興じているのだが、内藤新宿には不安の影が差し込んだままだ。

舞台を終え、

「紅螢、でかしたぞ」

藤吉郎は褒め上げた。

「策士、策に溺れるとは徳左衛門爺のことを言うんだね」

紅螢は笑った。

手には型を取って作った合鍵がある。

「ようし、今夜、やるぞ。徳左衛門爺に招かれているんだ。こんな機会はないさ」

「いいね。で、盗み取ったらすぐに逃げるのかい」

紅螢の問いかけに、

「いや、千秋楽までちゃんと興行を行う。突然いなくなったら怪しまれるからな」

当然のように藤吉郎は答えた。

「しれっと盗み、興行を終えるんだね。徳左衛門爺はどうするだろう」

「それより、佐川とかいう役者顔負けの着物を着た旗本だ。相良殺しを嗅ぎ回っているうちにおれたちの企てに気付くかもしれん」

「気付いたって何もできないよ」

紅螢は鼻で笑った。


平九郎は佐川と内藤新宿の陣屋にやって来た。

「平さん、くよくよしたって仕方がないぞ」

お気軽に佐川は言ってくれるが平九郎にすれば深刻な問題である。未だ、商人への支払いの算段が立っていないのだ。

御用方の仕事に余計な口出しをしてしまったという後悔に苛《さいな》まれている。

いや、自分の気持ちなどより御家の台所だ。大変な事態を招いた。台所事情の改善どころか、赤字を増やしてしまったのだ。

問題といえば、佐川も相良殺しの下手人が挙がらないことに苦戦を強《し》いられている。

それは市村清之進にも同じことで、

「申し訳ございません」

と、佐川と平九郎の顔を見るなり、詫びの言葉を吐いた。

「宗十郎頭巾はどうした」

佐川は言った。

「須藤殿ですか……」

市村は苦渋の顔をした。

「相変わらず、無宿人を捕まえろ、と騒いでいるのか」

佐川は冗談混じりの口調だが市村は大真面目な顔つきで、

「以前にも増して熱の入れようです」

「須藤は何故そこまで熱心に無宿人を捕まえたがるのだろうな」

佐川は改めて市村ばかりか平九郎にも、抱き続けている疑問をぶつけた。

「佐渡金山の採掘量を増やすということですが……」

市村は言った。

「それだけか」

佐川は首を傾げ思案した後、

「ひょっとして、無宿人を売っているのかもしれんな……そうだ、売っているんだよ。佐渡金山の坑夫は過酷だからな」

と、推量した。

平九郎は同意したが市村は半信半疑の様子だ。

これ以上考えても須藤の本音はわからない。市村は話を転じた。

「ところで、荻生藤吉郎一座の花形、紅螢は連日三河屋に出向いておるとか」

「徳左衛門の奴、紅螢にぞっこんなんじゃないか」

佐川はおかしそうに邪推《じゃすい》した。

なるほど、徳左衛門は紅螢に惚れ込んで屋敷に呼んでいるのかもしれない。一方、荻生藤吉郎からすればどうだろう。

芸人が興行先の有力者の宴席に招かれるのは珍しくはない。宴に紅螢は花を添える存在だ。徳左衛門は名主であるから紅螢を行かせるのはわかるが、連日となると何か魂胆あってのことだと勘繰りたくなる。

徳左衛門を籠絡《ろうらく》し、大きな利を得ようとしているのだろう。紅螢に大金を貢がせようとしているのではないか。

「わかった。三河屋殿におれと平さんがゆく、と伝えてくれ」

佐川が返事をすると平九郎は荻生藤吉郎の企てを探ろうと思った。

二

その日の晩、藤吉郎は紅螢や一座の者たちを連れ、三河屋徳左衛門の屋敷を訪れた。

みな、舞台衣装に身を包み庭で控えた。篝火《かがりび》に揺らめく紅螢の横顔はひときわ妖《よう》艶《えん》だ。

「明後日で内藤新宿から出てゆくのかい」

母屋の縁側に座り、徳左衛門は残念そうに語りかけた。

「はい、今月一杯で出てゆきます」

藤吉郎は徳左衛門の好意に感謝した。

「寂しくなるね」

徳左衛門の視線は紅螢に向けられた。

「今宵は徳左衛門さまお一人にのみ、手前どもの芸を披露致します」

藤吉郎は座員を鼓舞した。

見世物小屋で披露する以上の熱を入れ、座員たちは各々の持ち芸を見せる。徳左衛門は杯を傾け、感嘆のため息を漏らして見入った。

紅螢は出番のない時は徳左衛門の横に侍《はべ》り、お酌をしたり、小皿に料理を取り分けたりと、かいがいしく尽くす。

芸を終えたところで、

「さあ、みんな、心ばかりだが思うさま飲み、食べてくれ」

徳左衛門は女中に宴の支度を命じた。

毛氈が敷かれ、重箱と蒔絵銚子《まきえちょうし》が運ばれてくる。重箱には鯛の塩焼き、玉子焼き、蒲鉾、煮染《し》め、鮑《あわび》が詰まっていた。座員たちは満足の笑みで手拍子を取り、歌い始めた。

半時程過ぎ、藤吉郎が厠《かわや》へ行くと宴を抜けた。

藤吉郎は庭を横切り、屋敷の裏手に至った。黒板塀に沿って土蔵が並んでいる。その真ん中、一番大きな土蔵が金蔵である。

千両箱のひとつ、それに目ぼしい骨董品を盗み取ってやろう。

袖から財布を取り出す。

財布の中に手を入れ合鍵を引き出した。掌の中に握りしめ、引き戸に向かおうとした。すると、土蔵の右手に植えられた樫の木陰に人影が見えた。

「佐川さま……」

藤吉郎は立ち止まった。

佐川ともう一人、若い侍がいる。

佐川は、

「三河屋殿に招かれたんだ。荻生一座が出向いて芸を披露してくれる、とな」

と言ってから、平九郎を紹介した。

平九郎は佐川と共に宴が始まる頃には屋敷に着いていたのだが、庭木の木陰に潜《ひそ》み、藤吉郎を見張っていたのだった。

藤吉郎は動ずることなく、

「それは残念でござりましたな。芸は披露し終え、今は賑やかな宴が続いております」

「そいつは残念だな。酒が入っては芸ができないか。あんたも自慢の短刀投げに障《さわ》るだろうな」

佐川は短刀を投げる真似をした。

「そうですな……酒を飲んでの芸は……」

藤吉郎は肩をそびやかす。

「で、こんな所で何をしているんだ」

佐川は土蔵を見やった。

「厠を探しておったのですが、迷ってしまいました。いけませんな、酒に酔ってしまったようです」

頭を掻きながら藤吉郎は答えた。この時、藤吉郎がぴかりと光る物を髪の毛に忍ばせるのを平九郎は見逃さなかった。

「おれも厠へ行くところだ。確か、この先だ。関東の連れ小便ならぬ内藤新宿の連れ小便をするか。平さんもどうだい」

佐川に誘われ、

「そうですな」

平九郎は応じ、藤吉郎も歯嚙みしながら佐川に続いた。

平九郎と佐川も宴に加わった。

酒を飲み、料理に箸をつける。宴が進んだところで、

「藤吉郎、そなた、短刀投げの妙技、酒が入っても見せられるかい」

徳左衛門が言った。

徳左衛門の目元と鼻の頭は赤らみ、ほろ酔い加減となっている。

「もちろんですとも。手前、少々のお酒くらいではいささかも芸は衰えませぬ」

誇ることもなく当然のように藤吉郎は答えた。

「ほう、そうかい。そりゃ、大したものだ。こりゃ、益々見たくなったな」

徳左衛門が言うと、

「三河屋さん、座興《ざきょう》が過ぎますよ」

紅螢が窘めた。

「そうか……紅螢が的ではいくらなんでも危《あや》ういな。おまえの身にもしものことがあったら、わしは内藤新宿ばかりか、大勢の男どもに恨まれるね」

冗談混じりに徳左衛門が返すと、

「では、椿さま……」

紅螢は平九郎に視線を向けた。

平九郎は黙って見返した。

「椿さま、虎退治の椿さまですね」

紅螢が言うと、

「そうだ、こちらは虎退治の椿平九郎さまだぞ。それはお強いんだ」

徳左衛門は酔いで赤らんだ顔を更に上気させた。

「わたしに的になれと言うのか」

毛氈にあぐらをかいていた平九郎は立ち上がった。

「いかがですか、ひとつ肝試しをなさっては。虎に比べれば芸人なんぞ猫同然でございましょう」

紅螢は挑むかのようだ。

平九郎が答える前に、

「その辺で冗談は納めなさい」

徳左衛門は落ち着きを取り戻した。

すると藤吉郎が、

「これではいかがでしょう」

脇に置いた木箱から短刀を取り出した。切っ先が丸まった木製である。藤吉郎によると稽古用なのだそうだ。

「それなら、いいでしょう。恐くありませんよ」

紅螢が微笑みかける。小馬鹿にしたような態度である。徳左衛門も口を閉ざし、平九郎の判断に任せるかのようだ。

こうなっては意地である。

「よし、やろう。但し、舞台で使う本物の短刀を投げろ」

平九郎は藤吉郎に言った。

座員の間から歓声が上がった。

徳左衛門が庭に降り立ち、

「椿さま、意地を張っていなさるんじゃありませんか。あくまで座興ですよ。本物の短刀を用いては万が一ということがあります。藤吉郎がいかに短刀投げの達人でも人ですぞ。剣術の稽古で真剣を使いはしないでしょう。椿さまのお身にもしものことがあっては、大内さまの損失ではございませんか」

熱を込めて平九郎を説得にかかった。

「いかにも筋が通っておるが、敢《あ》えて座興をしたい。座興の場で命を落とすならそれまでの身だ」

佐川に影響されてか、つい芝居めいた物言いとなり、平九郎の気持ちは高ぶった。

藤吉郎は平然と受け止め、

「椿さま、三河屋さんがおっしゃったように万が一ということがあります。ましてや手前はお酒を頂いております。芸人というのは舞台の上では人並外れた力を出せるのですが、宴席では舞台の緊張はありません。気を引き締めたとしても、身体が言うことを聞くか、正直申しまして自信がありません。ここは稽古用の短刀を……」

落ち着いた口調で語りかけた。

「酒が入っても芸に変わりはないのではないのか。舞台でなくとも舞台同様の芸を披露できるのが一流の芸人であろう。そなたも、芸人の意地があるのなら、本物の短刀投げを披露してみろ！」

轟然《ごうぜん》と平九郎は言い放った。

佐川は口を挟まず成行きを見守っている。紅螢は口元に笑みを浮かべ、舞台見物の客のようだ。

平九郎は更に、

「なんなら、この場で命を落としてもそなたに非はない、わたしの落ち度だと一筆したためようか」

　と、まで言い添えた。

　ここに至って、

「そこまでおっしゃるのでしたら、本物を投げましょう」

　藤吉郎は受けて立った。

　徳左衛門は夜空を見上げて絶句した。

　平九郎はうなずき、

「但し、ひとつ条件がある」

　平九郎は藤吉郎と徳左衛門を交互に見た。藤吉郎は黙って平九郎の言葉を待つ。

「わたしが磔柱《はりつけばしら》のような的になるのではなく、正真正銘、わたしを狙え。わたしを目がけて短刀を投げるのだ。わたしを殺すつもりでな。飛来した短刀をわたしは刀で払い除ける」

　決然と平九郎は言い放った。

「ほほう、さすがは椿さまですな」

　藤吉郎はにやりと笑った。

　徳左衛門は関わりを避けるかのように顔をそむけた。

ここで佐川が、

「さすがは平さん、虎退治の椿平九郎さまだぜ。これ以上の座興はないな」

と、声を大きくした。

平九郎は足取りも軽やかに庭を歩き樫の大木の前に立ち、

「さあ、投げろ！」

腰に差した大小を抜き放った。右手で大刀、左手で小刀を構えると、抜き身を十字に交差させた。

篝火を受け、二振りの抜き身が藤吉郎を挑発するかのように煌めきを放った。

紅螢はさっと藤吉郎の側まで走り寄ると木箱の横に屈み込んだ。次いで、妖艶な笑顔を引っ込め、木箱から短刀を取り出すと藤吉郎に渡す。

藤吉郎は右手で柄を摑み、

「椿平九郎さま、お覚悟！」

と、芝居がかった口調で声をかけるや投げ放った。

弾丸のごとき短刀が平九郎の心の臓目がけて一直線に飛ぶ。

直前まで微動だにせず平九郎は右の大刀で短刀を払った。鋭い金属音と蒼白い火花が飛び散り、短刀は芝生の上に落下した。

「お見事！」

徳左衛門が称賛の声をかける。

「遠慮はいらないぞ。舞台のように、次から次へと投げてこい」

平九郎は左右の抜き身を再び眼前で交差させた。

藤吉郎は紅螢から短刀を受け取るや間髪容れずに投げつけた。

続々と飛来する短刀は流星のような輝きを放ち、平九郎に飛来した。

平九郎は大小で難なく払い除けた。

芝生に散乱した短刀は討死《うちじに》を遂げた兵のようだ。

「椿さま、お見事でございます」

表情を緩ませ藤吉郎は平九郎に一礼した。

「そなたの腕がよかったのではないか。わたしに花を持たせようと払いやすいところに投げてきたであろう」

平九郎は刀をくるくると回し、左右の鞘に納めた。

佐川は両手を打ち鳴らし、

「投げも投げたり、受けも受けたりってところだな。いやあ、今宵は堪能《たんのう》できた」

平九郎と藤吉郎を賛美した。

「いやあ、冷や冷やしましたが、椿さまも藤吉郎も達人でしたな」

徳左衛門は安堵の表情となった。

平九郎と佐川は三河屋を後にした。

三

富士見にやって来た。

お恵が暖簾を取り込んでいたが二人に気付くと、

「どうぞ」

と、中に入れてくれた。

「すまないな。一杯だけ飲んで出て行くぞ」

口では恐縮しながら佐川は小上がりの座敷に上がり込んだ。平九郎も向かいに座す。

嫌がることなくお恵は酒と、

「残り物ですみません」

と、谷中生姜と煮豆を持って来てくれた。お恵が片付けをしようと調理場に戻ってから、

「藤吉郎の奴、怪し気な行いをしていたな」

佐川は藤吉郎が金蔵の前をうろついていたことを話題にした。

「やはり、金蔵を狙っているようですね。髪に何かを隠しましたよ。月明りにきらりと光ったのを見ると合鍵でしょう」

平九郎が言うと、

「狂歌会に参加した時、蠟型でも取ったのか。あるいは、紅螢がよく三河屋に通っていたそうだから、紅螢に取らせたのかもな」

佐川は納得して言った。

すると、お恵が台所から出て来た。

「あの……立ち聞きしてしまってすみません。耳に入ってしまって」

「店にはおれたちしかいないんだからな、嫌でも耳に入るよな。で、何か言いたいことがあるのかい」

佐川はお恵を気遣った。

遠慮がちにお恵は語り出した。

「三河屋さんは金蔵の鍵は絶対見つからないって自信を持っていらっしゃいますよ。金蔵の南京錠は特殊な型なんだそうです。だから、錠前外しの達人だろうが、絶対に外せっこないっておっしゃっているんです」

「金蔵の南京錠を外すには鍵しかないんだな。簪《かんざし》や針金では無理か」

藤吉郎の様子を思い出しながら佐川は言った。

「三河屋さんがうちを貸し切ってくださって、荻生一座の芸人さんに御馳走なさった時におっしゃっていました」

藤吉郎は三河屋の身代の大きさを話題にし、盗人に入られるのを心配したという。

「それで、徳左衛門は絶対に大丈夫だって豪語したってわけか」

佐川は首肯《しゅこう》した。

あの時、藤吉郎は明らかに金蔵を狙っていた。宴が開かれた場所から厠へ行くには遠回りに過ぎる。道に迷った、などとわざとらしい言い訳をしていたが、金蔵に盗み入ろうとしたことは明白だ。

藤吉郎は錠前外しの腕は確かなのだろうか。得体の知れない男であるだけに、ありそうなことである。

藤吉郎が髪に隠したのは合鍵に間違いない。徳左衛門の自信とは裏腹に藤吉郎は鍵の蠟型を手に入れていたのだ。

お恵は自分の証言が役に立ったのか危ぶんでいる。お恵の親切心を慮り、

「女将さん、ありがとうございます」

平九郎は礼を言った。

するとお恵はうれしそうな顔で、

「それと、ちょっと気になる出来事があったんです」

徳左衛門に関する証言を続けた。

「勘定所の出張所にいつも宗十郎頭巾を被った感じの悪いお役人、いるでしょう」

「須藤だな。ああ、嫌な奴だ……で、須藤がどうした」

佐川が応じた。

「須藤さまと正反対に感じの好い市村さまといらした時なんですよ」

お恵が語るには、須藤は食事の最中にも頭巾を脱がなかったそうだ。

「変な野郎だな。すると、どうやって飯を食ったんだ。あいつの宗十郎頭巾は顎どころか鼻まで覆っているじゃないか。飯を口に運ぶたびに布を顎まで下げたり上げたりしていたのか」

佐川は笑った。

「小上がりに座った時は頭巾を脱ごうとなさったんですよ。それが、脱ぐのをやめて頭巾を被ったままで……で、結局、出したお食事には箸をつけないで帰って行かれたんですよ」

須藤は小上がりの座敷に座すなり、鰯《いわし》の塩焼きと味噌汁、どんぶり飯を注文し、頭巾を取ろうとした。しかし、頭巾は被ったままにし、運んだ食膳を前にしても箸をつけることなく帰っていったそうだ。

「味が気に入らなかったのかと思ったんですよ。ですけど、ご飯にも鰯にもお味噌汁にも箸を付けていなかったんですから、不味《まず》いと感じたんではないと思うんです。何が気に入らなかったのですかね。こういうざっかけない店なんかで飯が食えるかって偉そうにお考えなんでしょうか」

その時の光景が蘇ったようでお恵はむくれてしまった。

客には心尽くしの料理を出すお恵には深い疑念と困惑の出来事だったようだ。そんなこともあり、お恵の須藤に対する印象は益々悪くなったのだった。

平九郎は余分に勘定を置き、佐川と富士見を出た。

「市村さんを訪ねましょう」

平九郎は言った。

「どうした」

佐川はおやっとなった。

「富士見で食膳に手を付けなかった訳が知りたくないですか」

にやりとして平九郎は問い直した。

「そんなこと知ってどうするんだ」

「往来で須藤が宗十郎頭巾を被っている理由がわかるかもしれません。それがわかったからって相良殺しや無宿人捕縛に関係するか判断できませんがね」

平九郎は佐川の返事を待たず歩き出した。

佐川も続いた。


陣屋で市村と会った。

夜分の訪問を詫びた後、平九郎はお恵から聞いた富士見における須藤の奇妙な振る舞いについて語った。

市村はよく覚えていた。

「わたしも、どうしたのかと思ったので訊いたのです。須藤殿は急に腹の具合が悪くなった、とおっしゃったのですがね……」

納得がいかないようで市村の言葉尻は曇った。

「腹痛がして食事に箸を付けなかったのはわかりますが、頭巾を脱がなかったのはどうしてでしょう。座敷に上がった時は脱ごうとしたのですよね」

平九郎は更なる疑問をぶつけた。

「そうです……」

その時の様子を思い出そうとしてか市村は眉根を寄せた。

程なくして、

「三河屋徳左衛門殿です……徳左衛門殿が来店したのを見て須藤殿は頭巾を取るのをおやめになったのです」

市村は思い出した。

「三河屋と顔を合わせたくはないのか……須藤は三河屋を訪れたことはあるのか」

佐川が問いかけた。

「須藤殿は三河屋を訪れたことはありません。内藤新宿の治安を守る役目柄、三河屋殿との面談を勧めたのですが、必要ないと拒絶なさいました」

市村の答えを受け、平九郎が更に深掘りをした。

「それなら、徳左衛門の顔を知らないはずだ。それなのに、顔を合わせたくないというのはおかしな話ですな」

これには佐川も、

「こりゃ、臭いな。須藤は徳左衛門に自分の顔を見られたくはないんだ。徳左衛門に弱味があるのか後ろめたいことがあるのか……待てよ」

佐川は両目を大きく見開いた。

市村も表情を引き攣らせる。

「相良が殺された日に狂歌会に参加した田中という侍……」

佐川が言うと、

「須藤殿だったのかもしれません」

声をうわずらせ、市村は推量した。

「須藤と相良殿は何処で知り合ったのでしょう」

平九郎は佐川に問いかけた。

「わからんが、剣術かもしれんな。須藤は剣術の方はどうだい」

佐川は市村に確かめた。

「若い頃、二天一流を学んだことがあるそうです」

「須藤と相良は若かりし頃、剣友であったのかもしれんな。それで、相良は懐かしい男に会った、と言っていたんだ」

佐川が言うと、

「何故、須藤殿は久しぶりに再会した友を殺したのでしょう」

平九郎は問い返した。

「そこんところは須藤本人に確かめればいい。おれの勘では無宿人捕縛、佐渡金山送りに関係していると思うぜ」

という佐川の考えに平九郎も同意した。

「須藤、今度はいつ来る」

佐川は市村に確かめた。

「明日の昼です」

市村は即答した。

四

翌日、平九郎と佐川は勘定所の陣屋を訪れる前に三河屋で徳左衛門と面談した。

「椿さま、昨晩は武芸の極意を拝見させていただきまして、まことにありがとうございました。いやあ、感服つかまつりました」

興奮冷めやらぬ面持ちで徳左衛門は礼を述べ立てた。縁側の木陰では猫が気持ちよさそうに寝ている。

「藤吉郎の短刀投げの妙技が達者であったからだ。あいつが投げた短刀は全てわたしの心の臓に集中していた。狙う箇所を散らせば、わたしに迷いが生じた。そうなったら、今頃、ここにはいないかもしれないな」

まるで他人事のように平九郎は笑ったが、

「なるほど、そうしたものですか」

徳左衛門は深く感心した。

「だから、あいつと命のやり取りになったら、あいつは舞台で見せる短刀投げとは違う技を駆使するのだろう。昨夜、藤吉郎はわたしの技量を見定めただろうからな」

平九郎の推測に、

「まさか藤吉郎が椿さまのお命を狙うはずはないでしょうが」

徳左衛門は言った。

ここで、佐川は藤吉郎が金蔵の前を徘徊《はいかい》していたことを話した。

徳左衛門は目を凝らした。

「藤吉郎の奴、金蔵に盗みに入ろうとしておったのだと思うぞ」

佐川の推量に平九郎もうなずく。

「金蔵に入り込むことなどできませんぞ」

徳左衛門は強気の姿勢を見せた。

お恵が言っていたように金蔵の鍵に絶対の自信を持っているからだろう。

佐川が、

「錠前を外すには特殊な型の鍵が必要なのだな」

「その通りです。簪や針金なんぞでは絶対に開きませんぞ」

むきになって徳左衛門は言い立てた。

「しかし、合鍵を作ったなら錠前を外すことができるだろう」

佐川の指摘に徳左衛門はちらりと猫を見た。

佐川は続けた。

「鍵は絶対に見つからないのだな」

「その通りですよ。見つかりっこありません。ああ、そうだ。紅螢が遊びに来た時にも言ってやったんですよ。鍵を見つけられるものなら見つけてみろって……紅螢は勇んで探し回りましたがね、見つけられませんでしたよ」

徳左衛門は縁側に出て丸を抱いた。

いつもとは違う乱暴な手つきで抱かれ、丸は抗うような鳴き声を発した。

「そうかな。ひょっとしたら紅螢は見つけたのかもしれないぞ」

佐川が勘繰ると徳左衛門は不安を募らせた。

次いで、まさかとぼやくと嫌がる猫を抱いたまま奥へ向かった。

佐川は平九郎と顔を見合わせた。

「怒らせたかな」

佐川が肩をすくめると、

「そうですかね。怒っているような顔つきじゃなかったですよ」

「顔はそうだが、猫を抱く様子は苛立っていたぞ。嫌な鳴き声を上げていたじゃないか。首の辺りを締め付けられていたんだ」

佐川が指摘をすると、

「そうかもしれませんね」

平九郎もおかしいと首を捻った。徳左衛門は飼い猫を文字通り猫かわいがりをしているのだとか。猫が嫌がるようなことはしないはずだ、と平九郎は言い立てた。

するると、

「佐川さま、椿さま……」

奥から徳左衛門が戻って来た。

丸が追い立てられるように庭に走り去った。

「どうした」

佐川が問いかけると徳左衛門は鍵を手に、

「これ、粘土がくっついています」

と、佐川に見せた。

佐川は受け取り、掌の上に置いた。なるほど、わずかながら粘土が付着している。

「型を取られたな」

佐川に指摘され、

「あの時か……」

徳左衛門は天を見上げ、絶句した。

「心当たりがあるのか」

佐川の問いにしっかりと首を縦に振り、

「金魚鉢が倒れたことがあったのです」

と、紅螢がうっかり金魚鉢を倒した経緯を語った。

「それだ！」

佐川が断じた。

「違いないですね」

平九郎も同意した。

「わしとしたことが……」

徳左衛門は己が不明を恥じた。

「はやいとこ、南京錠を交換するんだな」

佐川の勧めに徳左衛門はそうします、と答えた。

「それから、もう一度荻生一座を招いてやれ」

佐川の勧めに、

「盗人どもをですか」

徳左衛門は不快そうに返した。

「誘い出して、あいつらの正体を暴き立ててやるんだ」

「正体というと」

徳左衛門は首を傾げた。

「盗人集団であること、それからひょっとしたら勘定所の須藤小平太と結びつき、無宿人を佐渡金山に送り込む企てを手助けしているかもしれんのだ」

「無宿人……須藤さま……はて」

混迷を深め、徳左衛門は首を捻った。

平九郎が須藤は狂歌会に参加した田中の可能性があることを説明し、

「相良殿は狂歌会の帰りに襲われ殺されました。付け狙われて背後から斬られたのです。市村殿も問屋場もそして佐川さんも下手人探索をしていますが、杳《よう》として行方は摑めない。物盗りの仕業ではないことは、財布が残されていたことから明らか。下手人は相良殿に恨みを抱いていたか知られたくないことを知られたから殺したのだと思われます。浮上してくるのは田中という侍。田中とは何者か。相良殿は懐かしい男だと言っていた。須藤は若かりし頃、相良殿と同じ二天一流を学んでいた剣友だそうです」

平九郎は淡々と推量を示した。

徳左衛門は口を半開きにしてから、

「須藤さまと荻生一座は繫がっておるのですか」

「荻生一座は無宿人がいかに災いをもたらすかを言い立てております。それによって、無宿人を炙《あぶ》り出し、須藤が捕縛しやすいように加勢しているのです」

「そうまでして、無宿人を捕縛したいのはいかなる訳ですかな」

「推測ですが、佐渡金山に売り渡しているのでしょう」

平九郎が答えると、

「おれもそう睨んでいる」

佐川は目を凝らした。

「確たる証があるのですか」

「証などはない。だから、荻生一座が盗みを働く現場を押さえたい。荻生一座を召し捕り、須藤の罪を暴き立てる。手を貸してくれ」

佐川の申し出に、

「わかりました。やりましょう。内藤新宿を壊そうとする者を許すことはできませぬ」

徳左衛門も意気込みを示した。

平九郎が目をしばたたかせて疑問を投げかけた。

「お民がさらわれたのは八王子宿、近在の村でしたよね。ところが、その頃、荻生一座は花園神社で興行をやっておりましたよ」

「そういやあ、そうでしたな……あれじゃないか。座員の誰かをさらわせに行かせたんですよ」

徳左衛門はなんでもないことのように答えたが、

「わざわざ、八王子まで行くのか。八王子宿までざっと十里はある。近在の村となると、更に足を延ばさないといけないわけだ」

尚も平九郎は疑問を呈する。

一日の移動距離は晴天に男の足で十里である。丸一日かければ八王子宿までたどり着けないことはない。往復には二日というわけだ。

「あいつらは軽業師なんだぞ。一日で往復できるさ」

佐川は根拠なき決めつけを語った。

「そんな面倒なことをやりますかね。もっと、近場で凶行をすればいいじゃないですか」

平九郎の反論に佐川は口ごもった。

佐川が、

「八王子宿辺りでは子供さらいの風説が流れ、それをやっているのは無頼《ぶらい》の徒《と》、つまり、無宿人どもであったな」

と、改めて問いかけた。

徳左衛門もお民殺しを荻生一座の仕業と決めつけることに疑問を抱いたようだ。

「どういうことでしょう」

徳左衛門は佐川と平九郎の顔を交互に見た。

平九郎が、

「わたしの勝手な推量ですが、お民を殺したのは須藤小平太ではないでしょうか。須藤は江戸四宿は言うに及ばず、甲州街道の宿場をも回って無宿人の摘発を行っていた。お民殺しを無宿人になすりつけたのですよ」

と、佐川に自分の推量を語った。

「そうだ、須藤の仕業に違いない」

佐川は即座に同意した。

徳左衛門は両目を大きく見開きながらも、

「ともかく、敵がはっきりとしましたのでな。わしも腹を括りますぞ」

と、決意を示した。

「腹を括ったんなら、早速頼まれてくれ」

佐川はにんまりとした。

平九郎と佐川は勘定所の陣屋で市村と面談に及び、須藤小平太を待った。

待つ程もなく乱暴に戸が開いた。

「市村！」

怒声と共に須藤が入って来た。

須藤は平九郎と佐川に気付き、はっとして口をつぐむと宗十郎頭巾を脱いだ。怒りで目元が赤らんでいる。

須藤は改めて市村を見据え、

「貴様、わしに逆らうとはよい度胸をしておるな。一人たりとも、無宿人どもを召し捕っておらんとはな」

と、怒りを抑えながら叱責を加えた。

「度胸も何も役目を果たしただけです」

市村は言った。

「よくも、そんなことを」

須藤は睨んだ。

ここで佐川が割り込んだ。

「あんたこそ、どうして無宿人を佐渡に送りたがるんだ」

「決まっております。佐渡の金山の産出量を回復するためだ」

須藤は胸を張った。

「坑夫を増やせば産出量は増えるのか」

冷静に佐川は問いかけた。

「掘れば掘る程、増えるに決まっております」

「佐渡金山そのものが掘り尽くされつつあるんじゃないのか」

「確かにかつてのような産出量は望めませぬ。ですが、何も手立てを講ぜずして、このまま指を咥《くわ》えているわけにはいきませせぬ」

渋面となって須藤は言い募った。

「もっともらしいことを言っているが、あんた、無宿人を売っているんじゃないのか」

ずばり佐川は指摘した。

「な……なにを……」

須藤は声をうわずらせた。

「どうやら、図星のようだな」

佐川は畳み込んだ。

「市村、部外者に好き勝手に言わせてよいのか！」

須藤が怒鳴ると、

「拙者も佐川先生と同じ疑念を須藤殿に抱いております」

平九郎は言った。

「よくも」

須藤は平九郎を睨んだ。

「須藤殿、正直に申されよ」

市村は迫った。

「おのれ、逆らいおって。貴様、きっと後悔することになるぞ」

捨て台詞を吐いて須藤は乱暴な手つきで頭巾を被り、早足で出ていった。

「いいのかい」

半ばからかうかのような口調で佐川は問いかけた。

「大丈夫ですよ」

市村も覚悟を決めたようだ。

「出世に障るぞ」

佐川は笑った。

「出世のために役目に邁進するのではありません」

市村は大真面目に言った。

「よく申した」

と、誉《ほ》めてから佐川は、おれは出世とは無縁だがな、と自嘲気味な笑みを浮かべた。

次いで、

「三河屋、いいぜ」

と、声をかけた。

奥の襖が開き、徳左衛門が現れた。

佐川や平九郎が確かめる前に、

「田中さまに間違いありません」

きっぱりと証言した。

佐川と平九郎、市村は大きくうなずいた。

そこへ、三河屋の奉公人がやって来て徳左衛門を呼んだ。徳左衛門は奉公人から耳打ちされた後、

「荻生一座を千秋楽の晩、屋敷に招くことになりました」

「よくやったな」

佐川は平九郎と顔を見合わせた。

「荻生藤吉郎の尻尾を捕まえてやりましょう」

平九郎も意気込んだ。

「須藤殿はいかにしますか」

市村が言った。

「荻生一座を始末してから決着をつける。まずは、荻生一座だ」

佐川に言われ、

「わかりました」

市村は受け入れた。

五

花園神社の荻生一座は盛況のうちに千秋楽を終えた。

楽屋で藤吉郎と紅螢がやり取りをしていた。

「今夜こそ三河屋の金蔵を襲うよ。でもね、また、邪魔な侍がやって来るかもしれない……いや、きっと現れるわよ。椿と佐川……奴ら、きっとあたしたちを邪魔する」

紅螢は危ぶんだ。

藤吉郎は危ぶむことなく、

「内藤新宿に火を付けてやるさ。でもね、それは小火《ぼや》程度だ。つまり、お宝をごっそりと頂いて逃げるために火を放つんだ」

藤吉郎の考えに紅螢は諸手を挙げて賛同した。

「でも、椿と佐川はどうするんだい。あの二人、徳左衛門爺の屋敷にやって来たら厄介だよ」

紅螢が危惧をすると、

「なに、それは大丈夫だ」

藤吉郎は言った。

「どうするのさ。短刀投げに事寄せて殺すのかい」

そりゃいいね、と紅螢は両手を打ち鳴らした。

「いや、そうじゃない」

紅螢の考えを否定すると藤吉郎は立ち上がった。

「田中さん」

と、呼ばわる。

田中こと須藤小平太が現れた。

「田中さん、いや、須藤さん、ひとつ頼みますよ」

藤吉郎は言った。

「任せておけ」

須藤は胸を張った。

「須藤さんが二人を斬ってくださる」

藤吉郎は言った。

「椿は虎退治の武芸者だよ」

紅螢は危惧したが、

「須藤さんも二刀流の達人だ。椿にひけを取らない腕をお持ちだ。相良一刀斎の好敵手だったからね」

藤吉郎が言うと、

「へ～え、そりゃ大したもんだ」

紅螢はおみそれしました、とぺこりと頭を下げた。

「心ならずも相良を卑怯なる手口で殺めてしまった。正々堂々と斬ったのでは、下手人は相当の手練と疑われる。勘定所でわしが二天一流の使い手だと知る者は少ないが用心に越したことはない、と敢えて闇討ちにしたのだ。椿や佐川はわしの技でねじ伏せる」

強い決意を以て須藤は言った。

紅螢は首を傾げながら、

「そういやあ、どうして相良さまを殺めたの」

と、疑問を投げかけた。

「知られてしまったのだ」

須藤は吐き捨てた。

「何をだい」

紅螢は言った。

「二十年前、わしは相良と同門であった道場で師範代を務めておった。道場主は方々の武家屋敷に出稽古に出向いておったが、礼金は受け取らなかった。しかし、わしは、道場主の名代として礼金を取り立てたのだ」

しかし、それは道場を維持するために必要な金であった、と須藤は言い添えてから、

「それも言い訳だ。道場の維持に使いはしたが、それ以上に自分の懐に入れていたのだからな」

自嘲気味の笑みを浮かべて打ち明けた。

「それが相良さまに見つかったわけね」

紅螢は悪戯っぽく笑った。

「そうじゃ。わしは、道場を去った。それが先月……」

久しぶりに内藤新宿に訪れた。

花園神社で興行をしている荻生一座を訪ねたところを相良に見かけられた。相良は何度も荻生一座の見世物小屋に足を運び須藤を待ち構えていた。

「今にして思えば、相良はわしと旧交を温めたかったのかもしれない。しかし、わしは殺気立ってしまった」

須藤は荻生藤吉郎と組んで大勢の無宿人を捕縛し、佐渡金山に送ることで手数料を取る企てを見透かされるのでは、という危機感を抱いた。

「今後、内藤新宿に足を運ぶことを考えると、相良はなんとしても邪魔だったのだ」

「ま、すんだことだ」

藤吉郎は乾いた笑みを浮かべた。

「そうだよ、くよくよしなさんな」

紅螢は励ましの言葉をかけた。

「しかし、卑怯な手で相良を殺したのは後味が悪い。もう一度申すが椿と佐川とは堂々と手合わせをする」

断固とした決意を須藤は示した。

「期待しているよ」

紅螢は言った。

「こんな須藤さんを見たのは初めてだよ。五街道を興行して回って三年前に知り合って初めてだ」

藤吉郎も感心した。

「わしでもな、剣の心は持っておるのだ。銭金に汚い分、きれいな真剣勝負がしてみたい、と調子のいいことを考えているのさ」

須藤が言うと、

「お侍って、わからないわ」

紅螢は言った。

すると、須藤は暗い目をして、

「おれは侍ではない……獣だ。何せ、幼子まで殺し、無宿人狩りに勤しんだんだからな」

と、藤吉郎と紅螢を交互に見た。

「あたしたちは盗人、興行先で目ぼしい商家を見つけて盗みに入り、ごっそり頂くのさ。人殺しと大盗人、どっちが悪党なんだろうね」

紅螢は藤吉郎に問いかけた。

「どっちもどっち、同じ穴の貉《むじな》さ」

藤吉郎は言った。

紅螢はそうだねと賛同し、

「須藤さま、いっそのこと、あたしたちと一緒に旅をしようよ。堅苦しい勘定所のお役人なんてつまんない仕事なんかやめてさ」

「それはできぬ」

きっぱりと須藤は断った。

「武士を捨てられないのかい」

紅螢の問いかけに、

「申したようにわしは武士ではない。ただ、勘定所の役人は銭儲けに都合がよいのだ」

開き直ったように須藤は哄笑《こうしょう》を放った。

紅螢と藤吉郎も腹を抱えて笑った。

六

長月三十日の夜、荻生一座が徳左衛門の屋敷に集まった。徳左衛門が別れの宴を催し、藤吉郎以下、庭で飲み食いを楽しんだ。

「今夜は芸を披露しなくてもいいよ。好きなだけ飲んで食べて歌ってくれ」

徳左衛門は気遣いを示した。

座員は上機嫌で酒を飲み、料理に舌鼓を打った。

紅螢が、

「わたしたちだけ、こんなに御馳走になるのは申し訳ないわ」

と、徳左衛門に語りかけた。

「いいんだよ。今夜はおまえたちに感謝をしたいんだ。気遣いは無用だよ」

徳左衛門は女中たちに酒の代わりや料理の追加を言いつける。

「お気持ちはありがたいんですけど、あたしたちだけ楽しむのは心苦しいの」

紅螢の言葉を受け、

「芸人根性が抜けないのですよ。他人《ひと》さまを楽しませるのが芸人ですからね」

藤吉郎が言い添えた。

「そうかい。心やさしい紅螢の気持ちを汲んで……」

徳左衛門は女中や下男たちを呼び寄せた。十人ばかりの女中や下男が集まり、お相《しょう》伴《ばん》に預かった。

賑やかな宴が進み、半時程過ぎたところで徳左衛門が毛氈に横になった。丸が徳左衛門の側で鯛の切り身を食べている。

「旦那さま、お風邪を召しますよ……」

紅螢は扇子で徳左衛門の顔に風を送った。徳左衛門は鼾《いびき》をかいて寝入っている。紅螢は立ち上がった。藤吉郎も腰を上げ周囲を見回す。女中や下男たちも眠っている。

「よし、やるよ」

藤吉郎は一座に呼びかけた。

屋敷の裏手、土蔵が建ち並ぶ一角に荻生一座が集まった。座員が見世物の衣装を積み込んだ大八車を二つ金蔵に横着けにした。

藤吉郎は金蔵の前に立つ。

「骨董品と千両箱の二つか三つ奪ってやるか」

財布から合鍵を取り出す。

紅螢が提灯を近づけた。灯りに合鍵が揺らめく。独特の型、鍵の先が六の字に象《かたど》られている。

藤吉郎は引き戸に掛けられた南京錠の鍵穴に合鍵を差し込もうとした。

が、入らない。

「おっと……酔いが回っているか」

藤吉郎は苦笑し、もう一度刺し込んだ。しかし、今度もうまく入らない。藤吉郎は屈み、紅螢に提灯を近づけるよう頼んだ。

「お頭、目が悪くなったんじゃないのかい」

からかいながら紅螢が声をかけると、

「おかしいな……」

藤吉郎は首を捻った。

「ちょいと、貸してよ」

焦《じ》れったそうに紅螢は藤吉郎から合鍵を受け取り、鍵穴に差し込もうとしたが、

「ほんとだ、おかしいね」

と、訝《いぶか》しんだ。

そこへ、

「どうした、鍵が合わないか」

佐川が声をかけた。

藤吉郎と紅螢は弾かれたように声の方を見た。

金蔵の裏手から佐川と平九郎が歩いて来た。

「やっぱり現れたかい」

藤吉郎が声をかけると、

「おれを幽霊のように言うな」

佐川は笑った。

「さては、あんた、企んだね」

紅螢は合鍵を佐川に投げつけた。佐川は右手で摑み、夜空に向かって放り投げた。

「三河屋殿に南京錠を替えるよう言ったのだ」

佐川が教えると、

「ふん、鍵なんざ要らないよ。金蔵を壊してやるさ。その前に、あんたを始末する」

藤吉郎は闇に向かって、

「須藤さん、出番ですよ」

と、呼びかけた。

須藤小平太がやって来た。黒小袖に裁着け袴、腰には左右に大刀を差している。

「おっと、今夜は宗十郎頭巾を被っていないな。本性を現したってことかい」

佐川はからかいの言葉を投げつけた。

「勘定所の小役人かと思っていたが、いや、おみそれした」

平九郎も須藤の前に立った。

「手出し無用じゃぞ」

藤吉郎たちに釘を刺し、須藤は大小二本を抜き放った。左の大刀を右手、右の小刀を左手で抜いたのだ。

「平さん。ここはおれに任せてくれ」

佐川の頼みに、

「もちろんですとも。剣友の仇を討ってください」

平九郎は金蔵に駆け寄ると海鼠壁《なまこかべ》に立てかけてあった十文字鑓を手に取り、佐川に放った。

がしっと両手で佐川は受け止めるや、頭上でびゅんびゅんと振り回した。

宝蔵院流槍術と二天一流の達人同士が対峙《たいじ》した。いみじくも宝蔵院胤舜《いんしゅん》と宮本武蔵の対決を髣髴《ほうふつ》とさせた。

と、須藤は佐川を向いたまま左に駆け出した。

佐川は後を追う。

須藤は竹林の中に分け入る。

佐川も入ろうとしたところで竹が切り倒されてきた。さっと右に避けるとそこにも竹が倒される。

からくも佐川は逃れ、竹をまたいで奥に進む。

鬱蒼と伸びた竹を左右の刀で払ったところで不意に横から佐川が突進して来た。

須藤は左右の刀で払い斬りにした。

佐川も十文字鑓を繰り出し、須藤の刃を受け止める。

竹林の中、二つの刀と鑓の穂先がぶつかり合う。佐川は腰を落とし、竹間を縫って突進した。

しかし、須藤の力は思いの外に強く、大地に根が生えたように動かないまま両手の刃で斬撃《ざんげき》を放つ。

特に左の大刀の勢いは凄まじく、佐川を寄せ付けない。

自分の有利を思ったのか須藤はニヤリとした。

そこに佐川は隙を見た。

さっと身を屈め、鑓で須藤の足を払う。

須藤が前にのめった。

佐川は渾身《こんしん》の力を込め、鑓で突いた。

穂先が胴を貫き、須藤は血飛沫《ちしぶき》を上げて動きを止めた。

一方、平九郎は荻生一座と刃を交えている。

いきなり、短刀が飛来した。

平九郎は大刀で払い落とす。

すると紅螢が扇子で紙の螢を舞わせ始めた。無数の螢の光が夜空を彩る。うっとりと見惚れる光景だが、平九郎は危険なものを感じた。

さっと、後ずさって座員たちに駆け寄る。座員は慌てふためいて走り出した。そこへ螢の紙吹雪が舞い落ちる。

座員は悲鳴を上げた。

紙吹雪が付着した顔面が焼け爛《ただ》れる。

次に唐人服《とうじんふく》の男が青龍刀を振りかざして佐川に迫る。

平九郎は大刀を交差させ、男を迎え討った。

男が振り下ろした青龍刀を平九郎は大刀で払い除ける。青龍刀が手から落ち、男は真っ赤な顔で立ち尽くした。

息の根を止めようとしたところへ、藤吉郎が短刀を投げてきた。

「てえい!」

裂帛《れっぱく》の気合いと共に平九郎は腰を落としながら大刀に力を込めた。

平九郎の頭上を短刀がかすめ、唐人服の胸に突き立った。

男は仰向けに倒れた。

「火を付けるんだ」

藤吉郎が大音声《だいおんじょう》を発した。

数人が松明《たいまつ》を掲げ、屋敷から出て行く。内藤新宿で火事騒ぎを起こすのだろう。

平九郎は大刀を大上段に振りかぶり、藤吉郎に迫る。

紅螢が毒螢の紙吹雪を送ってくる。

平九郎は背後に跳び退き、彼らと間合いを取ると大刀の切っ先を八文字に動かした。

次いで笑みをたたえる。

白雪にも負けない色白の肌が際立ち、平九郎の周囲に蒼い靄《もや》のようなものがかかった。

何処からともなく川のせせらぎや野鳥の囀りが聞こえてくる。

平九郎は笑みを深めた。今にも山里を駆け回らんばかりの童《わらべ》のようだ。

無邪気な子供のような平九郎に、藤吉郎と紅螢の殺気が消えてゆき、吸い寄せられるように視線が切っ先に集まる。

月光《げっこう》を弾《はじ》き、平九郎の太刀筋は鮮やかな軌跡を描いた。

藤吉郎と紅螢の目には平九郎が朧に霞んでいる。

が、藤吉郎は我に返り、短刀を投げることなく駆け寄って来た。

が、そこにいるはずの平九郎の姿がない。

唖然とする藤吉郎の背後で、

「横手神道流《しんとうりゅう》、必殺剣《ひっさつけん》朧月《おぼろづき》！」

平九郎は大音声を発するや、振り返った藤吉郎の胴を目がけて大刀を横一閃にさせた。

白刃は流星のように輝き、藤吉郎の胴を割る。

血に染まりながらも藤吉郎は短刀を平九郎に投げた。しかし、短刀は力なくぽとりと地べたに落ちる。

次の瞬間には藤吉郎も前のめりに倒れた。
「きゃあ～」
紅蛍を紙吹雪が包み込んだ。
可憐な顔が醜く焼け爛れ、紅蛍は地べたをのたうち回った後に息絶えた。
平九郎は大刀を鞘に納めた。
黒板塀の向こうに火柱が見える。
平九郎と佐川は裏門へ向かった。

徳左衛門の屋敷近くの商家に火が付けられた。
平九郎と佐川は天水桶《てんすいおけ》から桶に水を汲み、商家にかけた。
しかし、荻生一座の座員たちは松明を手に甲州街道に向かって走ってゆく。
平九郎は焦りを募らせた。
「荻生一座が……」
平九郎は佐川に向かって街道の方角に顎をしゃくった。
暗闇の中、数本の松明が街道に向かって進んでいる。

平九郎は走り出した。

すると、呼子《よびこ》の音が夜空を震わせた。

怪訝な思いを抱きながらも平九郎は街道に出た。

捕方の御用提灯が掲げられている。

刺股《さすまた》、袖搦《そでがらみ》、突棒《つくぼう》といった捕物道具を手にした捕方が荻生一座の座員をお縄にしていた。

捕物の指揮を執っているのは、

「市村さん……」

平九郎が呟いたように市村清之進である。

市村は陣笠《じんがさ》を被り、火事羽織に野袴といった捕物装束《しょうぞく》に身を包み、いかめしい顔で、

「引っ立ててください」

と、捕方に頼んだ。

市村は南町奉行所に応援を頼み、捕物出役《しゅつやく》をしてもらったのだった。

商人への支払いに対する方策が立たないまま、平九郎は盛清の呼び出しを受けた。

須藤小平太と荻生藤吉郎一座の悪事が明らかとなり、市村清之進は彼らの罪を摘発した功により遠江国《とおとうみのくに》の天領に代官として赴任するそうだ。

平九郎も佐川も市村なら領民思いの慈悲深い代官になるだろうと期待している。勘定奉行久坂越中守政尚は須藤の口車に乗って無宿人の佐渡金山送りを進めたが、悪事には加担していないことが判明し、お咎めなしとなった。

須藤の罪行が暴かれた直後はさすがに意気消沈し言動を慎んでいたが、程なくして元気を取り戻し、新しい政策を練っているそうだ。

下屋敷の人足寄場に引き取られた五人の無宿人は農作業を手伝いながら自分が身に付けたい職を模索している。

盛清は上屋敷御殿の茶室で待っているという。長月も終わっているのに商人への支払いは滞っているのだ。足取りは自然と重くなる。

にじり口から身を入れると、

「これは……」

感嘆の声を上げた。華麗な打掛を身に着けた雪乃がいたのだ。雪乃は盛清が点てた茶を微笑みながら喫《きっ》していた。

「雪乃殿が是非、平九郎と茶を喫したいと申されてな」

盛清は機嫌が良い。

「それは、恐悦至極《きょうえつしごく》に存じます」

正直、戸惑うばかりである。雪乃にとって自分は目障りな家臣に違いない。それをこのような席に招くとは、自分を丸め込もうとしているのか。それとも、盛清の前で糾弾《きゅうだん》しようというのか。

果たして、

「戸惑っているのでしょうね」

雪乃は平九郎の心の中を見透かしたように口を開いた。そう問われたからには、忠義面《づら》をしていることはない。

「正直申しまして、戸惑っております」

平九郎の率直さに雪乃はおかしそうに肩を揺すった。

「あなたと話をしたくなったのです」

「それは、どのようなことでございますか」

「千成屋から文《ふみ》が届きました。あなた、千成屋に行ったそうですね」

「はい、行きました」

「文で三蔵はあなたのことを誉めておりましたよ」

「誉められるようなことをした覚えはございませんが……」

「腹黒さのないとても真っ直ぐなお方だと記してまいりました」

雪乃の話に盛清は、「馬鹿正直なのだ」と笑い声を上げた。どう返事をしていいのかわからない。

「今回のあなたの働き、わたくしもとても評価します。ですが、不満を申せば心が感じられませんでしたね」

その言葉は胸に突き刺さった。

「商人への出費を減らすため、入れ札にするという考えはいいのです。入れ札に参加させる商人を揃えるために、あなたが払った努力も評価しましょう。ですが、当家へ出入りしておる商人どものことを考えたことがありますか。商人たちのことをどれだけ知っていますか。あの者どもがどれだけ当家に尽くしているか、存じておりますか」

言葉を返せなかった。

「あなたは、ただ、帳面の値だけを見て値を削ることばかりを優先させましたね。それでは、商人たちはついてきてくれませんよ」

言葉はきついが雪乃の顔には慈悲深い笑みが広がっている。

「雪乃さまのお言葉、胸に深く刻まれましてございます」

嘘偽りのない気持ちだった。

するど、

「それから、実家がそなたに感謝しておりますよ」

思いもかけない言葉を雪乃はかけてきた。心当たりがなく首を捻っていると盛清が言った。

「雪乃殿はな、清正が内藤新宿の三河屋と懇意になったと知ると森上家の御用方に文をしたためたのじゃ」

大きな太物屋である三河屋に森上家の御用方が出向き、青苧の取引を願い出た。

「平九郎の名を出すと三河屋は喜んで青苧を仕入れてくれること、了解してくれたそうですよ」

雪乃は礼を言った。

「雪乃殿は目端が利くのぉ。清正が三河屋と懇意になったのを好機と捉え、名産品の売り込みに動いたのじゃ」

盛清の称賛に雪乃は一礼し、

「上方では大いに販路を広げておりますが、江戸では未開拓なのです。平九郎のお陰で江戸での根城ができましたよ」

平九郎を立ててくれた。

雪乃はうなずくと盛清に、

「結構なお手前でした」

言葉をかけ茶室を出て行こうとしたがふと平九郎を向き一言漏らした。

「あなたは少々力が入り過ぎますよ」

「はあ……」

何か返そうとしたが、雪乃は平九郎の返事を待たず茶室を出た。

雪乃は自分を丸め込もうとも糾弾しようともしなかったが、完全に打ちのめされてしまった。それでも、胸は温かい。茶室はほんわかとした空気が漂っている。

「清正、これを飲め」

盛清が茶を点てた。

「今回はとんだ失態を演じました」

平九郎は両手をついた。

「わしも雪乃殿を見くびっておった。わしは反対したが、盛義はよき奥を迎えたものじゃ」

　さすがの盛清も自分の誤りを認めた。

　雪乃は森上家から大内家に資金援助が再開される、と商人たちに書状をしたためるという。三河屋と青苧取引ができたことの返礼だ。これで、支払いは従来通り掛けとなる。入れ札は当分見合わせとなった。

「ま、商人どもも努力を重ねて、従来より値を下げるようじゃ。一割方は削減となりそうじゃと鈴木が申しておった」

「申し訳ございません。お約束した削減金額に遥かに及びません」

　平九郎は両手をついた。

「倹約も過ぎると人の心を失いけりな秋の夜……駄目じゃ。上手く詠めぬ」

　盛清は狂歌に飽きてはいないようだ。

　平九郎は茶を飲み干した。苦さが今回の役目を物語っているようだ。それでも、平九郎は清々しい気分に浸ることができた。

　下屋敷の寄場は建物が出来上がり、指南する者を募集している。

　石川島の人足寄場のように大工、建具、左官、塗師、指物、炭団作りなどの男向きの職、裁縫、洗濯といった女向けの職の他、落語、講談、三味線、料理、陶芸等々、職というより趣味まで指南するのだとか。

今のところ、飽きることなく盛清は情熱を傾けている。盛清に共鳴した雪乃を通じて森上家から資金の援助があるそうで、勘定方はほっとしている。

費用面はなんとか目途がつきそうだが、寄場が波乱の目になりそうな危惧を抱いてしまう。

「寄場だが清正も何か指南させてやるぞ。はて、虎退治は無宿人向きではないな……何かないか」

盛清は思案するように腕を組んだ。

「わたしは至って不調法ですので、これといって指南することはございませぬ」

平九郎は一礼し、丁重に断った。

「まったく、つまらぬ男よな」

遠慮会釈のない言葉で盛清は平九郎をくさした。平九郎はいつものことなので気にならないどころか、寄場との関わりが避けられるとほっとした。

すると盛清はにんまりとした。

嫌な予感がする。

「よし、清正、寄場奉行を任せる」

ありがたく思え、と盛清は言い添えた。

寄場を監督しろ、ということだ。何かを指南するより責任と職務の負荷は大きい。

厄介なことになった。

「ありがたき幸せに存じます！」

胸の内とは正反対の言葉を発し、平九郎は両手をついた。

いや、待てよ、盛清に振り回されるだろうが、無宿人に職を付けさせ、暮らしを助ける計画は素晴らしい。

そう思い直すと、平九郎の胸に闘志が燃え盛った。

時代小説

二見時代小説文庫

守《まも》れ! 台所《だいどころ》と無宿人《むしゅくにん》 椿平九郎《つばきへいくろう》 留守居秘録《るすいひろく》 9

二〇二三年 九 月二十五日 初版発行

著者 早見《はやみ》 俊《しゅん》

発行所 株式会社 二見書房
〒一〇一-八四〇五
東京都千代田区神田三崎町二-一八-一一
電話 〇三-三五一五-二三一一 [営業]
〇三-三五一五-二三一三 [編集]
振替 〇〇一七〇-四-二六三九

印刷 株式会社 堀内印刷所
製本 株式会社 村上製本所

 ISBN978-4-576-23104-4

https://www.futami.co.jp/

森 真沙子

柳橋ものがたり

シリーズ

①船宿『篠屋《しのや》』の綾《あや》
②ちぎれ雲
③渡りきれぬ橋
④送り舟
⑤影《かげ》燈《どう》籠《ろう》
⑥しぐれ迷い橋
⑦春告げ鳥
⑧夜明けの舟唄
⑨満《まん》天《てん》の星
⑩幻燈おんな草紙

訳あって武家の娘・綾《あや》は、江戸一番の花街の船宿『篠屋《しのや》』の住み込み女中に。ある日、『篠屋』の勝手口から端正な侍が追われて飛び込んで来る。予約客の寺侍・梶原だ。女将のお簾は梶原を二階に急がせ、まだ目見え(試用)の綾に同衾《どうきん》を装う芝居をさせて梶原を助ける。その後、綾は床で丸くなって考えていた。この船宿は断ろうと。だが……。

二見時代小説文庫

牧 秀彦

南町 番外同心

シリーズ

以下続刊

①南町 番外同心1 名無しの手練《てだれ》
②南町 番外同心2 八丁堀の若様
③南町 番外同心3 清水家 影指南
④南町 番外同心4 幻の御世継ぎ

名奉行根岸肥前守《ねぎしひぜんのかみ》の下、名無しの凄腕拳法番外同心誕生の発端は、御三卿《ごさんきょう》清水《しみず》徳川家の開かずの間《ま》から始まった。そこから聞こえる物《もの》の怪《け》の経文を耳にした菊千代《きくちよ》（将軍家斉《いえなり》の七男）は、物の怪退治の侍多数を拳のみで倒す〝手練〟の技に魅了され教えを乞うた。願いを知った松平定信《まつだいらさだのぶ》は、『耳嚢《みみぶくろ》』なる著作で物の怪にも詳しい名奉行の根岸にその手練との仲介を頼むと約した。「北町の爺様」と同じ時代を舞台に対を成すシリーズ！